PORTE-PLUMES

Autrefois il était dit aux enfants que depuis très haut dans le ciel, les personnes disparues et accueillies au paradis, veillaient sur les vivants. Pour l'avoir cru pendant longtemps, j'ai laissé les nuages bercer mes plus jeunes années.

Aux beaux jours, couchée dans la petite prairie prolongeant le potager familial, je contemplais le bal céleste de leurs lignes festonnées grisées par le vent. Dans les boucles blanches de ces ondulations, je retrouvais le chignon de ma grand-mère jusqu'à ce que le soleil, déclinant, en ourle les contours de couleurs pastels. Parfois, sans attendre la nuit, elle s'enfuyait dans des nébulosités s'étirant en voiles légers vers l'infini…

Au cœur de l'été, c'est depuis les fenêtres de la maison que je regardais le ciel, broyant le noir de ses nuages menaçants. Puis, la signature rapide des éclairs accompagnait des coups de foudres, éphémères: ils étaient attribués par les anciens, à des disputes entre le diable et sa femme !

Suivait l'automne, poussant le ciel grisonnant à vider ses poches de pluie sur notre campagne. Enfin l'hiver bouchait de brouillards épais ses variations d'humeur. Arrivait alors le moment de me pencher davantage sur mes cahiers d'écolière !

Dès mon entrée dans la vie adulte, les oiseaux se sont ajoutés au cycle de mes contemplations. Ils étaient la passion de l'homme que j'aimais et ils ont marqué de leur envol, toutes les ponctuations de notre grande histoire d'amour. Nous étions entièrement à la liberté de vivre sans les interdits posés par nos aînés. Concentrés sur le monde des volatiles, au lieu de célébrer nos anniversaires, nous fêtions le retour de la belle saison avec l'arrivée des hirondelles !

Leurs cris, rejoints progressivement par ceux de leurs petits, animaient tous nos étés aux abords des fermes, des étangs et des prairies.

Et quand de premiers frimas les rassemblaient sur les fils électriques des villages, nous voyions sans nostalgie, leurs silhouettes noires écrire, en notes serrées, des partitions marquant le temps d'une année qui s'en allait… La vie était devant nous et nous ne comptions pas encore nos printemps !

Au-dessus de nous, toutes nos rentrées étaient marquées par les nuées pointillistes des migrateurs. Suivaient les jolis tracés en « V » de groupes d'oies sauvages ou les élégantes lignes du déploiement des ailes de quelques cigognes.

La morte saison, dénudant les arbres, nous dévoilait la vie d'oiseaux sédentaires peinant à se nourrir dans une nature moins généreuse. Devant nos fenêtres, graines et boules de graisses attiraient les plus affamés à portée de notre télescope.

Et dans les gris de nos campagnes, pourtant anesthésiées par le froid, les oiseaux parvenaient à nous ravir encore ! Le vol de quelques cygnes sauvages, se posant, majestueux et à forts bruits d'ailes, sur un étang gelé fut la magnifique surprise d'un dimanche d'hiver en Lorraine.

Pendant des années, le rythme de notre vie fut entièrement comblé par cette passion. Nos carnets se remplissaient de notes et de croquis. Nos sacs à dos s'alourdissaient de guides ornithologiques, d'optiques et de matériel de prise de sons.

Le tout, emporté régulièrement jusqu'au bout du monde, nous conduisait auprès des hirondelles ayant fui la rigueur de nos hivers. Et, dans les lignes crayeuses de l'avion qui nous ramenait, leurs silhouettes effilées entamaient leur courageux voyage en direction de nos beaux jours.

Mais au fil du temps, quel que soit l'endroit dans lequel nous étions, de jour comme de nuit, le ciel se striait du trafic de plus en plus conséquent des avions. Et dans l'azur, leurs points lumineux créaient des déchirures, un peu comme celles que la vie dépose sur notre parcours.

Car le temps émousse les sentiments et nous étions, comme tout un chacun, conscients que ceux que éprouvions l'un pour l'autre, pouvaient s'en aller. Alors quand nous parlions de l'éventualité de la fin de notre histoire, j'affirmais qu'il me serait impossible de tourner la page. Puisque n'importe où et à n'importe quel moment, il y aurait toujours un chant d'oiseau que nous avions écouté ensemble.

Cependant, les volatiles, dont certaines espèces commençaient à se raréfier, étaient moins nombreux dans nos comptages. Et y compris pendant la période de leurs chants nuptiaux, ils se faisaient de plus en plus discrets.

Quelques printemps sont d'abord revenus sans que nous fêtions le retour des hirondelles. Le quotidien, avec son poids de soucis, a fini par mettre notre beau rituel au second plan... Le ton de nos disputes s'est petit à petit élevé au-dessus des sons de la belle nature environnante.

Puis notre enfant a dû grandir avec ce qu'il appelait « la musique du dehors » en l'écoutant séparément avec l'un ou avec l'autre.

Ainsi après avoir tant conjugué le passé composé, j'ai dû d'abord réapprendre le passé simple pour pouvoir être capable de vivre au présent et d'envisager le futur, selon mes seules aspirations !

Maintenant, au cours de mes balades en solitaire dans la nature, au-delà des bruits de moteurs ou de la musique hurlante des promeneurs, quelques chants d'oiseaux accompagnent encore mes pas. Alors lorsque l'un d'entre eux marque la naissance du jour, salue l'arrivée du soir ou si au cœur de la nuit, un rapace nocturne renchérit, la tristesse m'envahit...

Pourtant de jour en jour, je vois au-dessus de moi les oiseaux disparaître au profit d'avions de plus en plus nombreux à combler nos besoins d'évasion d'un bout à l'autre de la planète. Des mailles d'un filet de lignes blanches tissées sur leur passage, s'échappent encore quelques migrateurs issus de vols qui se font de moins en moins compacts.

Et quand, dans le ciel scarifié par la désinvolture des hommes, le dernier d'entre eux se taira, emprisonné derrière ce grillage dense, il gardera avec lui tout ce qu'il reste de ma nostalgie.

UNE PLUIE D'ÉTOILES FILANTES

Près de trois semaines après mon arrivée dans cette ville inconnue, à l'heure où les rideaux des magasins se baissaient, les pompiers sont venus me récupérer. J'étais étendu, inconscient, au bord d'un trottoir.

À l'hôpital, mon statut de sans domicile m'a d'emblée été renvoyé par les personnes de l'accueil. J'ai eu le sentiment d'être sur une espèce de banc des accusés, celui de ces êtres méprisables, rongés par leurs addictions et parasitant les services d'urgence !

À propos de mon malaise, les questions se sont fixées vers de supposées consommations excessives d'alcool ou de drogues.

Et puis, les températures approchant les moins dix degrés, comme l'aurait voulu mon état d'homme en errance, n'étais-je pas susceptible d'avoir simulé cet évanouissement pour pouvoir dormir au chaud ? De toute façon mes papiers m'ayant été dérobés, l'absence de preuve formelle de mon identité déclarée, ajoutait de quoi faire de moi un suspect.

Un peu plus tard, j'ai enfin vu naître de l'empathie dans le regard des soignants. En effet, dans les résultats de mes prises de sang, aucune trace d'absorption d'alcool ou de drogue n'a été retrouvée. Seules se sont révélées des carences qui faisaient suite à une longue période de malnutrition.

Une douche chaude, un repas complet et un lit propre m'ont été proposés et j'ai d'abord dormi quatorze heures d'affilée ! Mais lors de la seconde soirée, j'étais tellement heureux d'être à l'abri que j'ai retardé le plus possible le moment de me coucher.

Derrière la fenêtre, je regardais le ciel clair sur lequel s'étaient posés des millions de lumières quand l'image fugace d'une pluie d'étoiles filantes s'est abattue devant les vitres. J'ai alors vite confié aux astres, striant d'argent le ciel bleu marine, mes vœux les plus chers...

Retrouver bien sûr un toit et de quoi manger mais surtout, exister pour quelqu'un quelque part.

Pour moi, l'un n'allait pas sans l'autre ! Car si j'étais devenu un être transparent vivant à peine la cause en était la solitude.

Le fait qu'au cours des mois derniers, aucune main ne m'ait été tendue avait précipité mon entrée dans la précarité.

Pourtant, au cours de mes premières années, les choses se présentaient plutôt bien. Et un papier gardé précieusement au fond d'une des poches de mon sac à dos, le prouve encore.

Sur un dessin que je m'étais appliqué à faire, mes parents me tenaient par la main devant notre maison, plantée dans une pelouse fleurie. À côté, sous un arbre chargé de fruits jaunes, un chat roux, maladroitement reproduit, s'annonçait en cadeau pour mon prochain anniversaire.

Je me demande encore par quelle issue de cette maison coquette, le malheur a-t-il pu s'incruster ? Peut-être par la porte trop souvent ouverte à une collègue de mon père, s'invitant sous divers prétextes, à passer par chez nous. Cette même porte qu'il a fini par franchir une dernière fois pour la suivre en nous abandonnant, ma mère et moi !

Devenu sans emploi quelques mois après, il a vite cessé d'assurer ma pension alimentaire. Puis il s'est fait discret avant de ne plus jamais nous donner signe de vie.

En plus de son travail, ma mère faisait face seule aux tâches ménagères. Et puis, comme elle le pouvait, ou pas d'ailleurs, aux petites réparations de notre demeure…

L'aspect extérieur des lieux, fut le premier à laisser voir nos difficultés. Le jardinet fleuri, envahi par les mauvaises herbes a perdu une grande partie de ses couleurs. Puis, derrière les murs, des signes d'usure ou des pannes en attente d'une solution, compliquaient notre quotidien. Ce que renvoyait cette maison, louée désormais pour nous deux seulement, est devenu de moins en moins engageant.

C'est peut-être ce premier constat de la fragilité du lien entre les êtres, qui m'a poussé, au moment de choisir une orientation à me former à l'ébénisterie. Déjà, j'aimais la chaleur du bois mais surtout, ce métier de bâtisseur de belles choses pérennes me rassurait.

Mon diplôme de menuisier-ébéniste en poche, j'ai trouvé un emploi chez un artisan proche de notre domicile. Ainsi même avec un salaire de débutant, j'allégeais les charges financières de ma mère. Et puis, grâce à mon nouveau savoir-faire, l'état de notre logement s'améliorait.

J'ai redressé des volets branlants, réparé un escalier, redonné vie à quelques meubles et dans ma tête, il me restait une longue liste d'autres travaux à entreprendre.

Maman était fière de mes prouesses mais je la sentais anormalement fatiguée et cela m'inquiétais. De ses arrêts de travail successifs, elle taisait la cause. Et je ne pouvais pas en savoir plus à partir des soins qu'elle recevait.

Ses médicaments et les ordonnances associées étaient hors de ma portée, dans le tiroir fermé du secrétaire de sa chambre. Et c'est à la suite d'un coup de fil m'informant de son transfert à l'hôpital qu'un nom fut mis son le mal qui la rongeait.Le médecin l'ayant examinée a levé l'inconnue sur les raisons de son asthénie. Et il ne m'a rien caché de ce qui nous attendait. La maladie grave dont elle souffrait, allait l'emporter…

Plus que les aides médicales et médicamenteuses, je savais que ma présence à ses côtés était essentielle pour l'aider face à souffrances, et je lui consacrais le maximum de mon temps. Et rapidement, de la disponibilité, j'en ai eu bien plus qu'il ne m'en fallait !

Le carnet de commandes de mon patron s'est allégé de la promesse d'un gros client et au bout de quelques mois, mon salaire ne pouvait plus être assuré.

Ma mère s'affaiblissant de jour en jour, je ne l'ai pas informée de mon inévitable licenciement.

Je passais toutes mes journées à ses côtés, restant dans sa chambre jusqu'à l'heure de la fin des visites, même quand chargée d'antalgiques forts, elle n'était pas accessible. En fin de journée, je rentrais à la maison, uniquement pour me doucher et dormir quelques heures avant de la rejoindre le lendemain.

Quand elle émergeait de l'une de ses fréquentes phases d'anéantissement, elle s'étonnait de me voir aussi souvent présent, je prétextais des congés à récupérer. De toute façon trouver un nouvel emploi s'annonçait quasiment impossible sur place et chercher ailleurs m'aurait obligé à l'abandonner.

J'avais en tête les paroles du médecin et cela seul me tenait à cœur. Alors j'ai laissé de côté les démarches qu'à ce stade, j'aurais pu entamer, pour éviter la chute qui se profilait… Car l'arrêt maladie longue durée de ma mère et ma faible indemnité de chômage ont vite mis nos comptes bancaires dans le rouge.

Après de premiers loyers impayés, j'ai pris connaissance de quelques courriers de relance. Puis j'ai laissé les suivants, non ouverts, sur un coin du bureau. Les menaces, qui se devinaient derrière les enveloppes, je craignais de les affronter. J'étais de toute façon dépourvu des moyens de régler nos échéances !

Au bout de quelques mois, je ne relevais même plus la boîte aux lettres. Je savais que s'y ajoutaient régulièrement de nouveaux avis de lettres recommandées à retirer. Passant par là uniquement pour me mettre au propre, je ne m'occupais de rien d'autre. Ensuite, je suis même resté jour et nuit aux côtés de ma mère jusqu'à ce que, dans mes bras, elle me quitte pour toujours.

Sans elle j'avais pressenti que je serais seul au monde…

J'en ai eu la confirmation lors de ses obsèques, en croisant quelques personnes, des voisins et un peu de famille.

Après avoir prononcé les paroles de circonstance, ceux qui se sont déplacés m'ont vite fui. Ils avaient compris que mon expulsion de notre domicile état imminente. Et je n'ai reçu d'eux aucune offre d'hébergement ou d'une autre aide.

À la fin du mois d'octobre, juste avant la trêve hivernale et peu après le départ de ma mère, un soir, je n'ai pas pu entrer dans la maison. Les serrures de la porte avaient été changées en mon absence. Je ne savais même pas ce qu'il était advenu de nos affaires restées à l'intérieur !

Prenant quelques vêtements et un sac de couchage, mis dans un bagage caché par précaution derrière un buisson du jardin, j'ai quitté cet endroit dont j'étais chassé…

Au cours de ma première nuit dehors, je me suis réfugié, sans pouvoir trouver le sommeil, au coin d'un bâtiment proche de la gare. Et tôt le matin, pour me réchauffer j'ai pris un train pour la première destination qui se présentait. Je n'avais nulle part où aller, alors je suis parti pour n'importe où !

Mon point de chute fut le terminus de ce voyage et j'ai d'abord erré dans les rues d'un bourg qui m'était inconnu. Les quelques degrés en dessous de zéro qui me tombaient dessus en fin de matinée, annonçaient déjà ceux qui allaient s'ajouter le soir. Trouver un hébergement pour la prochaine nuit fut donc mon premier objectif.

Lorsque dans ma vie quotidienne je disposais d'un confort minimum, je n'imaginais pas l'énergie qu'il fallait déployer lorsque l'on en est dépourvu.

Là où je me retrouvais je ne pouvais rien faire d'autre qu'essayer de trouver le moyen de vivre les vingt-quatre heures à venir. Et déjà je prenais conscience que le lendemain, je serais dans une identique situation.

En fin de journée, après plusieurs heures de recherche, j'ai gagné une première bataille, un abri pour la nuit ! J'étais heureux d'avoir une place en foyer et je n'avais aucune appréhension à l'idée de dormir dans un dortoir d'une dizaine de lits. Le soir, occultant la promiscuité, le bruit et les sollicitations multiples de mes voisins de chambre, je me suis enfoncé dans le sommeil car enfin j'avais chaud…

Mais au petit matin, dans un bar proche, cherchant de quoi régler un café, je n'ai pas retrouvé mon portefeuille. Pendant que je dormais, il était passé dans une autre poche avec son contenu, soit quelques billets et tous mes papiers d'identité !

Comment des êtres démunis peuvent ainsi s'attaquer à d'autres, peut-être plus pauvres qu'eux ? Je me suis interdit de pleurer : je savais, après ce que j'avais vécu ces derniers mois, que cela ne servirait à rien. Et l'assistante sociale du foyer qui m'a reçu, en avait vu d'autres sans doute… Car c'est quasiment avec indifférence, qu'elle a accueilli mes plaintes.

Mais au moins, elle connaissait la marche à suivre pour la réfection de mes documents officiels et sans que les frais soient à ma charge.

Cependant, le dossier constitué impliquait un délai d'attente pour valider ma demande avec en plus, celui de l'administration renouvelant mes papiers... J'étais donc obligé de rester dans cette bourgade en les attendant.

Avant de quitter cette structure dite d'accueil et maudite, j'ai pris le temps d'annuler mon inscription pour la prochaine nuit. Finalement, aux attaques sournoises de mes compagnons d'infortune, je préférais encore le froid mordant de la rue !

Au cœur de la cité, j'ai évité les regroupements de ces hommes et de ces femmes en errance puisque parmi eux, se trouvait probablement la personne m'ayant dépouillé du peu que je possédais. Le terme est peu approprié, mais j'ai en quelque sorte, « élu domicile » dans une rue perpendiculaire à l'artère la plus commerçante de la ville.

Là, un magasin avait tiré définitivement son volet de fer. La porte d'entrée du local, resté sans repreneur, était nichée au fond d'un large arc de béton laissant le sol au sec. Alors, sur le large paillasson restant, j'ai étalé trois cartons épais pour y poser mon sac de couchage.

Malgré le don de trois couvertures ajoutées à mon sac de couchage par la vendeuse du magasin voisin, les températures proches des moins dix s'opposaient à mon endormissement.

Et les nuits suivantes, si de temps en temps, je sombrais dans le sommeil, c'était la fatigue accumulée qui m'y forçait.

Les jours passaient et cette histoire de paperasses tardait à se régler.

Dans leurs bureaux surchauffés ceux qui, par flemme peut-être, laissaient traîner les choses n'avaient aucune idée de ce que cela entraînait pour ceux qui attendaient des documents officiels indispensables. Les répercussions rejaillissant sur des gens vivant comme moi dans la rue, pouvaient être dramatiques.

Car seul, démuni, et sans aucune preuve de mon identité, je n'étais plus personne ! Mais en dépit de ma détresse, j'ai été déclaré sortant de l'hôpital.

La cadre du service a voulu me réserver une place dans la structure que j'avais traversée récemment. Mais je m'y suis fermement opposé. Je ne voulais plus mettre les pieds dans cet endroit !

Je suis donc reparti vers mon abri « d'infortune ». J'y ai retrouvé la commerçante d'à côté ayant abrité, pendant mon absence, mes pauvres biens dans sa réserve. À ceux-ci s'était ajouté un livre, récupéré dans la bibliothèque de l'hôpital et il n'était qu'à demi-lu…

Mon hospitalisation m'ayant redonné un peu de forces, j'ai relevé la tête tentant, malgré le froid vif, d'en reprendre la lecture avant que la nuit m'en empêche.

Pour le reste, après quelques repas complets, je pensais qu'un peu de pain pouvait me nourrir au cours de cette nouvelle journée dehors. Malheureusement, dans les poches des quelques vêtements stockés dans un sac, je n'ai même pas trouvé suffisamment de monnaie pour m'acheter une baguette de pain.

Alors j'ai placé devant moi un gobelet de carton qui, avec ses mots sollicitant les passants, me plongeait dans la honte.

Leur regard, qu'il soit critique, fuyant ou compatissant, je l'avais évité pendant mes premières semaines d'homme sans abri. J'enfouissais ma gêne dans une écharpe qui masquait une partie de mon visage. Et c'est au son d'une ou de quelques pièces tombant de temps en temps dans le godet que j'étais informé des éventualités de pouvoir manger ou pas à ma faim !

Or en attendant les aumônes du jour contribuant à ma survie, avec mes gants, j'avais bien du mal à tourner les pages de mon livre. Et c'est à ce moment-là que le bruit lourd de la chute de plusieurs pièces de deux euros a accompagné la voix douce d'une passante :

- Mais, vous tremblez… Et c'est de froid !

Elle ne s'appelait ni Morgane, ni Jessica, ni Léa. Ces prénoms sont ceux des jeunes filles de ma génération et Louisette avait largement l'âge d'être ma grand-mère.

En dépit d'évidents soucis d'articulations, elle s'est accroupie à côté de moi. Elle s'est ainsi mise à mon niveau pour me parler et m'écouter surtout. Avant de s'absenter pour deux jours, elle a ajouté à son don initial deux billets pour que je mange au chaud dans une brasserie.

Puis elle m'a promis de repasser dès son retour. Ce qu'elle a fait venant avec en prime, une proposition d'embauche dans un atelier de menuiserie quand de nouveaux papiers d'identité la rendraient possible si bien sûr mon profil convenait.

J'ai dû patienter encore une bonne dizaine de jours avant de pouvoir récupérer les cartons plastifiés tellement attendus. Mais dans la chambre que, sans même me connaître, Louisette m'a ouverte, cette attente n'était plus un calvaire…

Je ne saurai jamais, parmi toutes les étoiles filantes rayant l'arrière-plan de la fenêtre de ma chambre d'hôpital, laquelle s'est activée pour exaucer aussi parfaitement mes vœux. Car si dans la maison de Louisette, j'ai retrouvé un toit et une belle santé grâce aux repas que nous partageons, en réalité je reçois d'elle tellement plus que cela !

Avant tout, j'existe de nouveau au travers de l'énorme affection dont elle m'entoure, mais aussi de toute l'aide que je peux lui apporter en retour. Elle est devenue à la fois une mère, une sœur, et une amie. Elle est tout pour moi et à elle seule, elle est bien plus qu'une famille toute entière.

DES ÉTÉS TOUT EN « ROSES »

Dans la maison de pierre, enfouie derrière un verger en désordre, je regardais grandir mon petit garçon.

Blotti au creux d'un muret, le tas de sable animé d'objets aux couleurs vives, était son terrain de jeu favori. La fenêtre de mon bureau s'ouvrait sur ses châteaux éphémères avec des trésors qui s'y enfouissaient dans d'extraordinaires épopées dont lui seul connaissait les secrets.

Ce matin-là, je l'observais en train de mimer la millième histoire que sa jeune imagination produisait. Et si j'ai remarqué le bruit d'une voiture dans la rue très peu fréquentée où nous habitions, c'est parce qu'elle roulait anormalement lentement. Les rares véhicules empruntant habituellement cette voie, le faisaient plutôt à vive allure.

Mais je n'y ai pas prêté trop d'attention laissant mon regard s'attarder sur l'harmonie d'un lieu que nous avions choisi, mon compagnon et moi, pour que notre fils y soit heureux. Et l'enfant avait visiblement trouvé là son bonheur. Mais peut-être qu'il l'aurait rencontré dans n'importe quel autre endroit...

Quand on a un regard neuf sur la vie, tout ne peut qu'être émerveillement !

Quelques vieilles planches ou un abri fait de buissons deviennent un palais, un sentier boueux se transforme en terrain de jeu et d'un coup de craie sur la terrasse, la marée d'une mer est en train de monter…

Pour les adultes, c'est différent. Apprécier ce que la vie propose, est une faculté ayant tendance à se perdre au fil des années qui s'additionnent.

Et le fil de mon histoire, qui jusque-là reposait sur un lien que je croyais indestructible, celui qui me maintenait au père de mon gamin depuis longtemps, je le sentais fragilisé. Le regard que nous portions ensemble sur l'avenir se perdait dans le flou de nos questionnements respectifs.

Mes rêves s'étaient posés dans cette maison cernée de verdure tandis que mon conjoint, après avoir parlé pendant des années de s'installer dans ce bout de campagne, semblait déjà s'en être lassé.

Entre quelques poteaux de bois, l'ombre de grands draps blancs, posés sur un fil, s'étirait longuement dans une brise printanière.

Elle attirait mon regard vers la danse ondulante d'un papillon dessinant dans la lumière du soleil, comme les pétales d'une fleur. Les aboiements d'un chien, le klaxon du marchand de pain, le cri d'un coq dominant la basse-cour voisine et le chant d'un pinson, troublaient à peine le calme de cette matinée. Quelque part, dans ce morceau infime de notre planète, le temps s'écoulait gentiment.

Mes pensées s'égaraient dans cet environnement tranquille quand elles se sont arrêtées au bout d'un chemin, marqué par nos pas entre les arbres fruitiers protégeant des regards la maison et la véranda.

Derrière le portail, un homme se tenait immobile. Il regardait avec beaucoup d'insistance, la nature s'épanouissant autour de notre demeure. Et quand je me suis approchée, il semblait perdu dans un monde qui n'appartenait qu'à lui... C'était le sien, celui d'autrefois quand il venait voir là ses grands-parents, puis ses parents.

Il semblait heureux de retrouver, lorsque je l'ai invité à passer la porte, tout ce qu'il avait aimé au cours de ses jeunes années.

Ce grand épicéa, planté l'année de ses six ans s'échappait maintenant bien au-delà des hauts murs protégeant la propriété. Celui-là même qui était, entre le père de mon enfant voulant l'abattre et moi m'y opposant, un objet de désaccord parmi bien d'autres.

Cependant devant l'entrée du domicile, il a décliné poliment mon offre. Les murs, m'a-t-il dit, avec d'autres proportions, de nouvelles textures ou des couleurs inconnues, n'auraient plus grand-chose à lui restituer de la chaleur familiale conservée dans ses souvenirs.

Il s'est dirigé vers l'ancien four à pain aux murs escaladés par des lignes sinueuses de roses anciennes. Les plus remarquables, d'un beau rouge cramoisi, dominaient en hauteur et en couleur toutes les autres. Et il m' a raconté leur histoire…

C'était celle d'une amie d'enfance très aimée et luttant avec toutes les forces de ses 20 ans, contre une maladie. Pour lui, la jeune fille, suivie par de grands spécialistes allait guérir.

Privilégiant sa carrière débutante, il avait retardé une visite qu'elle lui réclamait. Et quand enfin, il s'était décidé à venir, sur sa route, il s'était arrêté dans une jardinerie.

Plutôt que la bague de circonstance, il avait choisi pour elle un magnifique rosier au symbole plus fort encore ! La beauté de ses fleurs délicates était prometteuse de toutes celles qu'ils admireraient ensemble jusqu'à la fin de leurs jours, mais il était arrivé trop tard…

Alors il avait planté le jeune rosier dans le plus bel endroit de ce vaste jardin, là où ils avaient partagé jeux, confidences, baisers et serments.

Et depuis, il ressentait le besoin de passer chaque été par là. Il s'assurait, d'un regard au-dessus de la clôture, que la promesse d'épanouissement de ces fleurs était tenue, comme pour marquer un pardon que lui-même n'était jamais parvenu à s'accorder.

Il n'a pas voulu s'attarder et il s'est vite échappé en me disant :

      - Merci d'avoir gardé tout le meilleur de ce refuge de mes souvenirs, laissez-le moi ainsi jusqu'à ce que je revienne !

Le claquement du portail et le souffle du vent ont masqué ma voix quand j'ai voulu lui dire que la prochaine fois, d'autres personnes auraient probablement chassé l'âme de ces lieux.

J'ai couru derrière la voiture partant vers une destination inconnue. Arrivée au bout de la rue, elle a marqué un arrêt bref pour laisser traverser un jeune renard avant de s'engouffrer derrière les buissons fleuris des maisons voisines. Puis elle s'est effacée de ma vue.

De retour dans le jardin, j'ai vu mon petit garçon ajouter quelques lignes de bonheur au pied du mur où le visiteur avait inscrit, en « roses », l'histoire de son amour perdu.

J'ai alors pris la décision de continuer à vivre dans cet endroit en attendant qu'il devienne un homme.

Et le jour même, j'ai annulé le rendez-vous que j'avais pris chez le notaire.

L'ÉTOILE DES NEIGES

Mon idée de vivre en altitude est devenue un jour une réalité. Après avoir quitté, avec mon fils, la banlieue d'une grande ville faite de béton, nous avons été éblouis par ce bourg proche des montagnes.

La lumière d'automne y était fabuleuse et donnait au ciel son bleu le plus intense. Elle renforçait sur les pentes boisées, une multitude de patchworks aux tons chauds.

Au petit matin, déjà la fraîcheur grisait les zones les plus fermées au soleil, mais la glace n'avait pas encore réduit les torrents au silence.

Ma nouvelle chambre s'ouvrait sur un bouquet de bouleaux frissonnants dont le bruit tentait, ce soir-là, de m'aider mais vainement, à trouver le sommeil ! Je suis alors montée vers celle de mon enfant. Sous la fenêtre incrustée dans le toit, je l'ai regardé dormir paisiblement, une peluche dans les bras.

Les astres s'étaient éclipsés derrière des nuages jouant tardivement les marchands de sable au-dessus de son lit. Ils faisaient voltiger les premiers flocons de neige de la saison. Pendant les premières minutes, leur discret crissement a accompagné de délicats points de dentelle se composant sur la vitre. Puis très vite, un masque épais a écrasé ces formes ciselées, recouvrant le carreau d'une nuit qui, au dehors comme en dedans, allait être blanche pour moi.

Au bas de l'escalier, le silence a succédé aux notes d'une symphonie s'échappant de mon ordinateur resté allumé, comme une porte ouverte vers l'extérieur. Un voyageur virtuel avait d'ailleurs posé, je ne savais pas depuis combien de temps, son clignotant sur mon écran.

J'ai accepté son invitation à discuter et, après les quelques banalités de rigueur, cet homme m'a parlé des montagnes qui m'entouraient. Il en connaissait la plupart des reliefs que je lui décrivais, avec des mots en noir puis, au fur et à mesure qu'ils endossaient leur vêtement d'hiver, en blanc !

Il s'est improvisé magicien me promettant de mettre, en peu de temps de nouveaux paysages à la place de ceux qui me faisaient face. Et pour mieux me surprendre, il m'a suggéré de fermer les rideaux tandis que nous poursuivions notre conversation.

Arrêt sur image, longue pause sur l'aire de cette autoroute virtuelle, qui a pris soudain des airs de vacances au sommet… Voyage jusqu'au bout de cette nuit où, le jour arrivant, nous avons échangé dix chiffres, comme une clef de contact pouvant nous ramener l'un vers l'autre.

Le personnage enchanteur a tenu sa promesse de l'aube ! Le reflet bleuté garnissant les montagnes m'a mise, en se retirant, face à des plus surprenantes métamorphose des paysages.

Accidentés et marqués, jusque-là, de toutes les nuances de la nature à différentes altitudes, ils étaient d'une blancheur uniforme et leurs lignes s'étaient considérablement adoucies.

Un peu plus tard, sur le chemin de l'école, les vêtements des enfants ont posé des points de couleur sur ce monde immaculé.

Leurs jeux et leurs rires pouvaient envahir l'espace, l'indulgence des adultes leur était totalement acquise. La prudence imposée aux automobilistes faisait place aux boules de neige fusant de partout. Les voitures avançaient, au pas, sur une route aux airs de piste de ski. J'ai laissé sur le parking la mienne, transformée en igloo, pour aller au travail à pied.

Après son invasion nocturne, la neige s'est faite plus légère et plus brillante, dansant, en paillettes, toute la journée.

Puis en fin d'après-midi, le soleil a laissé, fugacement, ses derniers reflets rougeoyants annoncer des températures nocturnes assez basses pour laisser les paysages conserver leur bel enrobage.

Derrière la baie vitrée, je contemplais la ligne ondulante des montagnes. Elle portait en collier, dans ses vastes échancrures, les lumières des maisons qui s'allumaient, une à une, pour encercler sur le sol blanc chacun des reliefs...

Puis très haut dans le ciel, l'étoile des neiges a fini par prendre place. Et c'est juste à ce moment-là que l'alpiniste de la veille est revenu, en rappel, vers moi.

Sur fond d'échanges chaleureux, la pendule a égrené toutes les heures, depuis les dernières du jour jusqu'aux premières du lendemain tandis que dehors, la belle nature restait de glace. Et lorsque progressivement, la nuit s'est déparée de chacun des points lumineux des hameaux proches, à regret, nous nous sommes tu, en prévoyant de nous rencontrer prochainement.

C'est ainsi que, raquettes aux pieds, toutes nos confidences respectives se sont poursuivies.

Nous avons pris un sentier d'écolier sur lequel je posais un œil neuf tandis que cet accro aux sensations fortes le redécouvrait.

Car dans ses vertigineux corps à corps avec la paroi des montagnes, il oubliait d'en voir un peu plus bas, les modestes beautés…

Les méandres d'un torrent, festonné de blanc et le sol griffé par le passage d'un oiseau nous ont arrêtés un moment sur notre chemin de neige.

Et là, ce premier de cordée, s'est dit n'être rien, entre deux expéditions. Il affrontait, dans le monde entier, les sommets les plus difficiles mais il ne parvenait pas à remonter la pente banale de sa vie personnelle.

C'est chez moi que s'est installé, peu après, son camp de base. Ainsi les cordes, mousquetons, crampons, piolets et autres accessoires se sont alignés au sol, avant son énième envol en direction du toit du monde…

Depuis son départ, je consulte un peu trop souvent la météo des montagnes qu'il ose défier.

Et sur les cartes qu'il m'a offertes, en pensée, je l'accompagne dans la plus haute de ses solitudes.

En soirée surtout j'espère, en la voyant s'exposer sur le ciel clair, que notre étoile des neiges le protégera des terribles colères de ces sites grandioses.

Car ici nos paysages enfileront bientôt, avec de nouvelles couleurs, leur tenue légère de printemps. Et dès ce retour, nous devrions reprendre ensemble le parcours de notre chemin enchanteur. Mais je sais déjà que ce précieux temps partagé me sera compté…

La haute montagne est une rivale de taille et la passion qu'il a pour elle l'emportera forcément sur moi. Tel un aimant, elle l'attirera toujours pour l'encorder au plus près de ses belles lignes, quelques heures, quelques jours ou quelques mois !

Et à chaque fois, je redouterai qu'elle le garde pour toujours…

Comme ceux dont le nom reste gravé, à jamais, sous une fleur de tissu délavé et ancrée sur l'un des rochers bordant un sentier d'altitude.

CLAIRE OBSCURE

Quand à l'échographie, une double naissance m'a été annoncée, j'étais folle de joie. Mon cœur, j'en étais certaine, pouvait s'agrandir plus encore que mon ventre, prêt à faire la place nécessaire aux deux bébés à naître. Je pensais que ces deux-là j'allais les choyer de la même manière. Mais plus de vingt-cinq ans après, un terrible constat s'impose pour moi...

En fait, c'est différemment que j'aurais dû les aimer !

- On ne réécrit pas l'histoire, mais, il est possible de vivre plus sereinement en regardant de près les traces laissées sur notre parcours…

C'est sur ces mots que le psychiatre de garde a refermé la porte sur Blanche, l'une de mes jumelles, emportée par deux infirmières l'ayant juste avant, arrachée de mes bras.

Même si, de toutes ses forces restantes elle s'était accrochée à moi, en quelques signatures, je venais de valider son internement !

Je n'avais pas pu envisager d'autre alternative quand la veille, j'ai appris qu'elle venait d'être transférée, inconsciente, dans un service d'urgences.

Au cours de nos derniers échanges, elle n'avait pas laissé paraître le moindre signe de la détresse l'ayant menée aux portes de la mort.

J'ignorais avant tout le récent départ de Romuald, son compagnon. Mais heureusement, sa voisine de pallier elle, l'avait constaté. Et s'inquiétant de la tristesse, puis de l'amaigrissement de Blanche, elle prétextait tous les jours le manque d'un ingrédient, ou un service quelconque à demander pour se présenter à sa porte.

En l'absence de toute réponse ce soir-là, elle a immédiatement donné l'alerte.

Les mots du médecin tournent en boucle dans ma tête... Car Blanche était, je le savais dès le départ, la plus fragile de mes jumelles.

Logée dans une poche séparée, à la naissance, elle pesait moins lourd que son aînée. Et c'est Claire, décidée, qui s'est précipitée la première vers la sortie. Son père l'a accueillie comme une reine et l'a ainsi nommée, en hommage à sa grand-mère paternelle qu'il aimait beaucoup.

Un sentiment que je ne partageais pas face à cette femme plutôt dominatrice.

Mais je me suis tue, respectant notre accord de choisir chacun l'un des deux prénoms.

Il a fallu l'aide plus active du gynécologue pour que mon autre fille montre son visage timide et, devant la pâleur de sa peau délicate, j'ai annoncé aussitôt :

      - Blanche !

Dès notre retour de la maternité, les cris stridents de la première me forçait à commencer par elle.

Ensuite elle buvait avidement et ses rots tardaient. Aussi la seconde devait patienter en pleurant doucement, comme si elle devait s'excuser d'avoir faim elle aussi.

En passant la marche arrière jusqu'aux souvenirs de leurs premières années, m'apparaissent les erreurs que j'ai commises et qui sont en cause peut-être dans le drame que nous vivons.

Dans le premier album photo que je feuillette, se devine déjà l'ombre du caractère tyrannique de l'aïeule, au travers de l'attitude de Claire.

Sur ces pages cartonnées, il y a au départ Blanche, enlaçant de sa douceur une peluche devant un massif de jolies fleurs. Je me suis concentrée sur la mise au point des prises de vue, laissant toute la place à la technique...

J'ai ainsi occulté l'air victorieux de mon sujet suivant : sa sœur ! Car dans les clichés suivants, celle-ci serre le précieux doudou de sa jumelle qui, en arrière-plan, semble supplier que la peluche qui lui a été dérobée lui soit rendue.

Quelques années plus tard, il y a le tableau paisible d'un jeu de société mettant mes filles, âgées d'une dizaine d'années, face à face.

Cette série de portraits je m'en souviens parfaitement ! J'avais dû y mettre fin au moment où Blanche l'emportait de beaucoup et s'apprêtait à gagner la partie. D'un vif revers de la main, Claire avait fait valser tous les pions hors de la table.

Or cette fois-là, comme dans des scènes similaires, je m'étais abstenue d'intervenir ! Le père de mes jumelles nous ayant abandonnées toutes les trois, j'étais seule pour assurer leur éducation. Et j'espérais stupidement que la vie apprendrait à l'une que l'on ne peut pas tout avoir, puis à l'autre qu'il faut oser se défendre.

Les pages de mes albums photos sont chargées, au fil des ans, de beaucoup de clichés immortalisant ma première jumelle, fière aux côtés de coupes ou de médailles remportées.

La seconde, aussi souvent récompensée dans d'autres sports, n'attachait aucune importance à ces signes de reconnaissance.

Au contraire, devant tout succès, Blanche se détournait de l'appareil photo avant d'abandonner ses trophées dans un coin du grenier.

D'incroyables photos d'elles deux prises au cours leur adolescence me rendent toujours fière d'être leur mère. Cependant, ce que mes optiques n'ont pas saisi ce sont des souvenirs, pas très glorieux pour moi car là encore, j'ai joué à l'autruche.

Après les cours, il y avait autant de jeunes garçons suivant l'une que l'autre jusqu'à la maison. Blanche se retirait discrètement dans sa chambre quand sa jumelle était accompagnée. Or dans la situation inverse, systématiquement, Claire s'imposait entre elle et son invité…

Sans oser leur avouer j'ai été soulagée quand après leur bac, obtenu avec mention dans les deux cas, leur choix respectif d'orientation sont partis vers des filières opposées. Elles avaient ainsi la possibilité de s'épanouir librement, sans aucune interférence entre elles.

Claire a additionné des diplômes, tous prestigieux et très recherchés.

Puis, s'installant à Londres, elle a rapidement enchaîné les succès professionnels dans le monde de la finance. Cela tout en collectionnant des conquêtes d'hommes, aussi brillants qu'elle !

Blanche a entrepris elle aussi des études longues, voire interminables. Chercheuse douée et opiniâtre, mais bien plus faiblement rémunérée, elle était avant tout passionnée par son travail.

Comme c'était le cas pour Romuald, son compagnon, chercheur dans un domaine proche et dont elle m'avait tu l'existence pendant un certain temps. Et le jour où elle a présenté à moi seule d'abord, ce bel homme brun, j'ai voulu prolonger ce moment heureux en les conviant lors de prochains congés, à me rejoindre au vert. Car je possède, quelque part dans une campagne éloignée, une maison héritée de mes grands-parents. Et je vais souvent m'y ressourcer.

Or dès que Claire a été informée de ce projet de séjour à trois, elle s'est invitée avec Jérôme, son nouvel amoureux. La vie professionnelle très chargée de mes filles ne m'avait pas laissé espérer jusque-là un tel bonheur.

Aussi j'étais sur un nuage quand je les ai vues, sur le quai de la gare, se jeter dans les bras l'une de l'autre. Restant enlacées un moment, elles en oubliaient même de faire les présentations !

Délaissant leur compagnon respectif, elles ont ensuite marché vers ma voiture, serrées l'une contre l'autre. La fausse rousseur des cheveux de Claire couvraient, en partie, l'épaule de Blanche, dégagée des siens par un chignon d'une vraie blondeur.

Je les ai devancées un court instant pour capturer, d'un seul clic, ce moment magique. L'irruption des deux hommes dans ce tableau m'a empêchée d'en faire d'autres avec mes deux trésors seulement… Mais dans ma tête, j'avais au moins la première image d'une nouvelle série à commencer : celle de la vie d'adulte de mes deux filles, devenues de superbes femmes.

Dans une auberge proche, une table ronde à l'ombre d'un tilleul diffusant l'odeur de ses fleurs nous était réservée. Et je marchais en avant aux côtés de la serveuse chargée de s'occuper de nous.

Enfin lorsque le groupe de jeunes gens nous a rejointes, Romuald a posé, furtivement, un baiser sur le cou de Blanche. À ce moment-là, j'ai cru voir passer dans les yeux de sa jumelle, un éclair de cette dureté annonçant son prochain méfait. Cependant j'ai vite écarté l'appréhension qui tentait de m'envahir. C'était de l'histoire ancienne ces comportements !

Ma jolie rousse, disant vouloir rattraper tout le temps pendant lequel nous ne nous étions pas vues, s'est vite assise face à moi. C'est ainsi qu'elle s'est trouvée, plus belle que jamais, entre les deux hommes.

Ma blonde beauté a pris place sur la chaise restante entre Romuald et moi.

Émue je voyais néanmoins passer, au travers de petits gestes, tout l'amour qu'ils avaient l'un pour l'autre. Et c'est sans doute ce qui la rendait resplendissante elle aussi.

Jérôme avait une gestuelle moins démonstrative vis-à-vis de Claire, mais il affichait une immense admiration pour elle. Dans notre conversation, ils montraient tous deux de solides connaissances sur les subtilités boursières.

Et constater que ma fille avait un niveau d'expertise équivalent à celui d'un compagnon aussi éloquent me rendait bêtement rêveuse. J'espérais que la longue liste de ses amours arrivait enfin à son terme. Cet homme ayant pu la séduire devrait parvenir, avec toute l'assurance qu'il dégageait, à la garder auprès de lui.

Or tandis que je l'admirais, je n'ai pas réalisé qu'à ses côtés, la distance entre elle et Romuald s'amenuisait… C'est en regardant de plus près les vidéos de notre groupe, tournées à ma demande par la serveuse, que des signes avant-coureurs de ce qui nous attendait me sautent aux yeux. Mais hélas, j'en prends conscience aujourd'hui seulement !

Ici une main de Claire, posée sur le poignet de Romuald tandis que de l'autre, elle saisit la corbeille à pain. Là, l'expression suggestive de son visage tourné vers lui.

Un peu plus tard, sa cuillère, malicieusement plongée dans la verrine de mousse au chocolat de son voisin de table… Or en temps réel, je suis passée à côté de tous ces évidents détails.

Lors de notre arrivée à la maison j'ai laissé aux deux couples la liberté de choisir leur chambre et ils sont partis, courant comme des enfants, à l'assaut de l'étage.

Ensuite nous avons rejoint un étang proche où, autrefois, mes filles observaient tous les insectes se cachant dans les berges. D'ailleurs c'est à cet endroit-là qu'était née, chez Blanche, l'idée de se consacrer à la lutte pour la survie de ce petit monde en cours d'extinction.

En prenant des photos de cette balade champêtre, j'aurais pu prévoir ce qui allait arriver, mais une fois de plus, je me suis focalisée sur leur cadrage.

À présent je me souviens des boucles blondes échappées du chignon de Blanche et taquinant le visage de son compagnon. Accroupis côte-à-côte, avec des regards d'enfants émerveillés, ils étaient captivés par l'observation d'un insecte rare.

J'ai annoncé l'instantané qui allait suivre et tous deux ont alors levé leurs beaux visages vers moi. Or en arrière-plan, au moment même où j'allais saisir ce touchant duo, Claire s'est introduite entre eux avec une mimique qui se voulait drôle.

Je lui ai demandé de s'éloigner, mais la magie de l'instant précédent avait disparu pour toutes mes photos suivantes. J'ai dû ensuite immortaliser de façon plus posée, Blanche avec son compagnon, comme d'ailleurs Claire, aux côtés du sien.

En soirée nous avons pris, sur la terrasse, un repas léger livré par le traiteur du coin. Blanche, se levait systématiquement pour aller chercher ce qui nous manquait.

Ce n'est qu'au moment du dessert que Claire a voulu quitter la table, proposant d'aller choisir un vin à la cave en invitant Romuald à l'y accompagner, pour la protéger des araignées !

Là une appréhension a commencé à me traverser. Alors mettant en avant le prétexte d'être la seule à connaître la place de celui qui, selon le traiteur, accompagnerait bien le gâteau je me suis rendue jusqu'aux casiers de bouteilles.

Ensuite, quand nous nous sommes attardés dans la brise douce du soir, en voyant Blanche blottie contre son amoureux et sa sœur, tout autant proche du sien, mes craintes se sont dissipées. Aussi au moment de me coucher, j'ai laissé de côté tous les doutes m'ayant effleurée dans la journée avant de passer une excellente nuit.

Le lendemain, un petit-déjeuner prolongé nous a permis de partager un dernier moment tous ensemble avant que je raccompagne et à regret toute cette jeunesse jusqu'à la gare.

Claire et Jérôme devaient rejoindre l'aéroport d'où ils s'envoleraient vers Londres le jour même. Blanche et Romuald prenaient le TGV suivant partant dans une direction opposée. En effet, ils étaient attendus tous les deux pour un congrès se déroulant le lendemain à Marseille.

Dès que les trains les ont emportés, je suis restée seule sur le quai, me projetant sur la prochaine décennie… Je rêvais déjà d'attendre, au même endroit et en provenance de je ne sais où, mes filles accompagnées des hommes qu'elles aimaient et bien sûr de leurs enfants à venir.

Mais ce n'est pas ainsi que les choses se sont présentées !

Peu après ce week-end en famille, Romuald a pris des distances vis à vis de sa compagne. Il s'absentait de plus en plus souvent tout en restant évasif sur les raisons de ses absences. Il s'arrangeait pour qu'elles apparaissent comme des contraintes professionnelles et Blanche le croyait.

C'est par des bruits de couloir qu'elle a d'abord appris, au laboratoire, son projet de rejoindre très prochainement un organisme privé.

La suite, c'est par une étiquette restée sur l'une de ses valises qu'elle l'a découverte. Puis un billet d'avion, utilisé comme marque-page dans un livre lui a confirmé ce qu'au départ elle ne parvenait pas à croire… Les deux avaient une identique destination : Londres !

Romuald a dû quitter le domicile avant même d'avoir l'assurance que sa candidature était retenue pour un nouveau poste au Royaume-Uni.

Car Blanche avait alors deviné que son choix n'était sûrement pas dû au hasard ! De douloureux épisodes de son enfance, ceux où tout ce qu'elle avait lui était pris ou détruit par sa jumelle lui sont revenus cruellement en mémoire.

Et l'histoire se répétait à un niveau extrêmement grave : sa sœur venait de détourner d'elle l'être qui lui était le plus cher au monde et en lequel elle avait placé toute sa confiance…

Lors de nos retrouvailles à la campagne, mes quelques intuitions étaient donc bien fondées.

Claire n'a jamais été toute blanche avec sa sœur, mais ma part de responsabilité reste énorme. Les séquences filmées et les dernières photos éparpillées devant moi m'accusent plus que jamais !

Elles confirment que la lâcheté, m'ayant toujours habitée face aux agissements de mon aînée, a perduré au cours de ces quelques jours passés au vert.

Pendant notre séjour, Claire avait tenté de séduire l'homme qui partageait la vie de sa sœur. Le temps lui avait manqué pour venir à bout de ses premières résistances. Néanmoins je réalisais qu'avec les moyens de communication actuels, le relancer et arriver à ses fins n'avait pas dû être difficile.

Les flammes s'agitant derrière la vitre de l'insert m'invitent à détruire les témoignages de journées qui se voulaient très heureuses et qui sont en réalité, porteuses d'une trahison qui m'est insupportable !

Mais le feu sera-t-il en capacité d'effacer ce que l'une de mes filles, avec ma complicité implicite, a fait subir à l'autre ? Tandis que j'y réfléchis, celle que je voudrais renier m'appelle au téléphone… Ma colère bloque d'abord toute envie de lui parler !

Enfin j'écoute après coup ce que le répondeur me restitue de son message. J'imagine que lui tourner le dos ne mettra pas fin pour autant aux conséquences de son attitude toxique.

Car l'internement de Blanche suite à une grave tentative de suicide, Claire en a été informée par l'une de ses collègues du laboratoire. De Romuald, qu'elle m'annonce avoir laissé, comme tous ses amants précédents au bord de son chemin et depuis plusieurs mois déjà, il est peu question.

Seule la vie de sa sœur lui importe à présent.

Ses paroles, écrasées de larmes me semblent sincères. Jamais je n'ai entendu Claire pleurer ainsi !

Et au milieu de la table, trône encore la photo de mes jumelles enlacées pendant leurs retrouvailles sur le quai de la gare me disant que malgré tout elles s'aiment énormément.

D'ailleurs dans son message, Claire m'annonce qu'elle a déjà pris rendez-vous pour rencontrer, avec moi si je le veux, le médecin prenant soin de Blanche.

Elle se dit prête à affronter ses propres démons au point d'avoir, avant même de venir, mis fin à sa très prometteuse carrière londonienne…

Et cela du jour au lendemain !

- - - - - - -

L'analyse entreprise par mes filles sera longue et la mienne qui va avec, aussi !

Claire a intégré un poste, plus modeste que celui qu'elle occupait à Londres, dans une banque locale.

Blanche, maintenant rétablie, a repris pas très loin de là tous ses travaux de laboratoire.

Pour l'instant, mes deux filles, magnifiques, ignorent les nombreux soupirants qui leur tournent autour : leurs priorités sont ailleurs…

Actuellement, nous sommes toutes les trois comme dans un état de convalescence.

En fait, nous vivons un peu en dehors du temps !

Nous nous retrouvons régulièrement, en ville comme à la campagne, mais pas encore en toute décontraction.

Chacune de nous reste sur la défensive car nous devons nous armer davantage pour éviter les pièges destructeurs de nos fragilités respectives.

Malgré tout nous avançons à grand pas, ensemble et soudées toutes les trois, plus que jamais.

IL N'EST DE DÉSERT QUI UN JOUR NE REFLEURIRA

De ce plat pays qui fut le mien, j'ai gardé le goût des mirabelles dorées marquant la fin de nos étés. C'est là que j'ai grandi avant qu'un homme m'emporte au loin.

Dans notre petit village lorrain, nous ne savions pas comment était la vie ailleurs. Ici, au quotidien, elle était rythmée par l'angélus du matin et celui du soir. Entre les deux, il y avait le pas lourd des vaches rentrant à l'étable.

Le repas familial laissait la radio évoquer le monde mais il était tellement loin de nous !

La vie naissait dans les maisons. Les dames catéchistes saluaient, d'une croix ivoire enrubannée de bleu ou de rose, l'arrivée du dernier-né.

Le temps passait avec l'eau bénite du fond baptismal, la première montre de communion et les dragées jetées devant les nouveaux mariés sortant de l'Église.

La croix de bois posée devant la porte d'une demeure marquait un prochain départ vers la dernière.

Un jour j'ai eu vingt ans et je voulais partir au plus loin de mes racines :

            - Le monde m'appartient et je ne veux pas de cette vie-là...

Le lendemain exactement, il était à la sortie d'une gare. Je me suis arrêtée une seconde, puis une éternité. Je n'imaginais pas que l'on puisse s'aimer aussi longtemps !

C'est dans son laboratoire de photographies que je l'ai rejoint. Je découvrais que j'étais belle lorsque sur papier blanc, il faisait apparaître progressivement, mon corps nu au fond de cuvettes de bains révélateurs...

Puis nous avons eu trente ans : lui au printemps et moi en automne. Le monde n'était plus à moi depuis longtemps mais il était à nous ! Je le suivais jusqu'au bout de ses objectifs qu'il braquait dorénavant sur la nature.

Notre vie était pleine des valises qui se faisaient et se défaisaient au rythme de nos rendez-vous dans les gares, les hôtels, les aéroports…

Les formes et les lumières saisies s'accumulaient au creux de carrés blancs classés par thème dans des pochettes. Parfois une série s'en allait, juste le temps d'illustrer quelques pages d'un magazine.

Nous étions heureux mais l'enfant que nous désirions se faisait attendre. Et lorsqu'une voix après avoir parcouru un très lourd dossier l'a désigné comme le « coupable » j'aurais tout donné, absolument tout, pour l'être à sa place.

Deux portraits de lui me hantaient : l'un en noir et blanc, saisi par son père lors de l'été de ses trois ans, tandis qu'il observait intensément un coquillage sur une plage.

Le second, en couleurs et que j'ai réalisé trente ans après. L'homme, dans son corps d'adulte, captivé par un insecte, était exactement dans la même position. Il avait conservé dans son regard et son attitude un émerveillement identique à celui d'autrefois...

Cet homme-là, je l'aimais. Je trouvais injuste que la nature, dont il célébrait en permanence la beauté, le prive du bonheur de voir naître et grandir un enfant, le sien !

Cette année-là, des pluies exceptionnelles ont réveillé des millions de graines enfouies dans le sol d'un désert lointain. Les collines déroulaient des tapis denses de fleurs multicolores. De ce jardin des dieux, il avait extrait ses plus beaux tableaux.

« Il n'est de désert qui, un jour, ne refleurira » ! Le titre de l'article soulignant ces images m'a accompagnée pendant un autre voyage, aussi inattendu qu'étrange que nous avons entrepris.

Nous avons eu vingt ans ensemble une seconde fois. J'avais eu quarante ans la veille et ce jour-là, cela faisait deux décennies exactement que nous nous étions rencontrés.

Double anniversaire dans le « meilleur des mondes ». Nous qui avions rêvé de faire nos enfants sur le sable orangé des immensités désertiques que nous aimions, nous nous retrouvions égarés dans l'univers aseptisé des éprouvettes.

Je frissonnais dans une chemise de papier à la sortie d'un bloc opératoire. Il m'attendait et de loin, les doigts levés, il m'annonçait sur combien d'espoirs nous pouvions compter…

L'un d'eux s'est annoncé un peu plus tard dans les courbes serrées en noir, blanc et gris d'un document confirmant qu'un enfant allait peut-être naître.

Mais il a fallu encore du sang, des larmes, du temps et bien des doutes, pour que les appareils photos finissent par attendre notre fils à la sortie… Et ce jour-là mon photographe allait du modèle à ses objectifs, ébahi face à ce tout petit d'homme.

Nous sommes alors devenus trois dans une campagne reculée, là où la nature dessinait des moutons dans les champs et dans le ciel. Chaque jour, nous mettions de la lumière dans les yeux de notre petit prince en lui racontant le vaste monde.

Un jour, sous un vol d'oies sauvages marquant l'arrivée de l'un de nos hivers et en regardant son enfant tant attendu, son père m'a dit :

- Nous sommes tellement heureux que ça me fait peur parfois !

Sa crainte c'était de ne pouvoir s'empêcher de repartir. Un gamin c'est tellement lourd dans des bagages... Et puis une autre femme c'est un peu comme un nouveau voyage !

Alors le panneau de notre grand cerisier : « Ici on protège la nature » a été remplacé par un autre plus classique : « Maison à Vendre »… J'ai épongé les larmes de mon petit garçon et j'ai refermé le grand portail. Nous n'étions plus que deux !

Pendant les vacances de mon fils, j'ai quitté ma quatrième décennie, seule, au creux des montagnes.

Dans mon tout nouvel appartement, encore vide de son mobilier, à même la moquette et enroulée dans une couverture, j'avais froid.

Sous la fenêtre découpée dans le toit, j'ai regardé les derniers reflets du soleil éclairant le ciel. Et en plein cœur de mon insomnie, un avion a tracé un long trait blanc sur mes années passées avant que la lune ronde mette un point final à son trajet.

Ce soir-là, la nuit a tiré un large rideau d'étoiles sur l'arrivée de mes cinquante ans... Il me restait un enfant à accompagner jusqu'à sa vie d'adulte.

La porte s'est refermée quelques années plus tard sur un adolescent partant joyeusement vers son avenir. Puis je l'ai retrouvé un jour, transformé en homme, dans une gare où nous nous étions donné rendez-vous.

Hasard des calendriers, j'avais eu soixante ans la veille… Et tandis qu'il s'approchait, une image refaisait surface : celle d'un homme vu, pour la première fois, le lendemain de mes vingt ans.

Il ne s'est pas attardé, il avait tant à faire ! Après un dernier signe de la main, il s'est éloigné à grands pas. Dans la brume imbibant le décor de ce jour de novembre, le soleil soulignait la silhouette d'une jeune fille qui l'attendait, discrètement, au pied du grand escalier de la gare.

Alors j'ai voulu m'emparer de cet instant. Mais j'ai rangé mon appareil photo sans avoir pu enclencher le moindre déclic...

Cette histoire n'était plus la mienne !

ALERTE ENLÈVEMENT

C'était un matin d'hiver et les paysages étaient engloutis dans un brouillard épais. Il enrobait tout, depuis les maisons voisines jusqu'aux dernières fermes éparpillées à la périphérie du village.

Or ce jour-là, il me fallait accompagner mon fils de trois ans au centre hospitalier universitaire de la région.

Reprendre contact, même pour une journée seulement, avec une grande ville ne m'enthousiasmait guère. Depuis la naissance de Robin, j'avais fui l'effervescence de la capitale. Je travaillais au vert dans un bel environnement, entouré de nature.

Cependant pour aller de là jusqu'à l'hôpital, la perspective d'une longue route à faire sans aucune visibilité m'a amenée à la prudence. Décidant de privilégier le rail, je me suis arrêtée sur le parking de la gare du bourg le plus proche.

Or pendant les quelques kilomètres parcourus depuis notre domicile, la radio évoquait la disparition d'un enfant à la sortie d'une école de la région. Mais tandis que je me garais, déjà le haut-parleur annonçait l'arrivée de notre train… J'ai donc dû laisser en suspens les divers témoignages.

Robin était ravi d'entrer enfin dans ce TGV qu'il voyait séparer, au quotidien et en quelques secondes, notre village en deux parties.

Nous nous sommes installés dans un compartiment peu peuplé. Quatre sièges seulement étaient occupés par des étudiants travaillant ensemble et un cinquième, un peu plus loin, l'était par une femme lisant un magazine.

Après un bref moment d'hésitation devant la vitre sur laquelle mon fils appuyait fortement son nez, un homme seul est monté. Il s'est assis, juste avant le départ du train, pas très loin de nous. Il portait un blouson de cuir noir et il n'avait aucun bagage...

Les paysages défilaient sous forme de squelettes d'arbres ou d'ombres d'habitations sur un fond sombre que le jour perçait à peine. Robin, peuplait ce monde bien peu engageant de tas d'histoires extraordinaires qu'il se racontait à voix haute.

J'ai d'abord pensé que ces paroles enfantines amusaient l'homme qui nous observait. Mais quand la femme solitaire est venue échanger quelques mots, je me suis davantage inquiétée. J'avais le sentiment qu'il regardait avec beaucoup d'insistance Robin, tout en prêtant une oreille un peu trop attentive à notre conversation.

Lors de notre descente du train, il nous a suivis de près jusque l'arrêt de bus avant de monter, comme nous, dans celui qui menait à l'hôpital. Enfin, quand j'ai appuyé sur la commande : « Arrêt Prochain », lui aussi il s'est levé de son siège et pour descendre à la même station que nous.

Alors, tandis que je cherchais dans le hall de l'établissement le nom du médecin avec lequel nous avions rendez-vous, j'évitais de me retourner. Je tentais de combattre l'appréhension qui me gagnait peu à peu et je tenais, bien serrée dans la mienne, la petite main de mon gamin.

Quand nous sommes arrivés devant le service de pédiatrie, l'homme du train avait disparu ! J'étais soulagée et un peu confuse de m'être laissée envahir par d'aussi stupides craintes. Car après tout ce voyageur pouvait tout à fait avoir besoin, lui aussi, de consulter un spécialiste.

En salle d'attente, les portes s'ouvraient et se fermaient sur les appels successifs des enfants. Avec une fillette de son âge, mon fils tentait de monter un spectacle. Habitué à une vie libre dépourvue des contraintes d'un voisinage trop proche, il annonçait à voix haute des histoires d'animaux sauvages.

Il y intégrait des lions, des hippopotames et surtout des crocodiles. Récemment, il avait vu dans un dessin animé leurs corps étranges, marqués par de petites bulles. Et puis leurs impressionnantes mâchoires l'avaient impressionné. Aussi, fasciné, il les citait dans toutes ses inventions...

J'ai pris, sur la table basse, le quotidien du jour délaissé par un consultant précédent. À la une, s'étalait le visage rayonnant de l'enfant disparu la veille. Mais la suite est restée de nouveau en attente, l'infirmière nous invitant à la suivre jusqu'au boxe de consultation du médecin.

L'entrevue fut courte et nous avons pu quitter l'hôpital en milieu de matinée. Mais il nous restait à patienter et pendant plus d'une heure avant que notre train de retour demarre.

La ville était enroulée dans un voile glacé. L'aspect rugueux des immeubles, le bruit, les passants agrippés à leur téléphone portable et leur indifférence nous invitaient guère à la flânerie dans les rues. J'ai donc suivi mon fils en direction de l'enseigne rouge d' un fast-food vers lequel il me tirait.

J'étais réticente au départ mais, après tout un petit Robin des Bois ne devrait-il pas se familiariser avec de tels endroits pour devenir, un jour, un grand Robin des Villes ?

En attendant, il était attiré par ce genre d'établissement. Il en aimait les couleurs criardes et bien sûr les repas à manger avec les doigts. Et puis, il adorait les aires de jeux avec ses piscines de boules multicolores, ses toboggans et ses tunnels.

Sur un fond musical, dominé régulièrement par les annonces des mouvements de trains, des jeunes gens, entièrement vêtus de rouge, commençaient à s'affairer.

Les pommes frites se doraient, à la seconde près, dans des paniers métalliques dont elles se relevaient, luisantes. Les boîtes se fermaient sur des pains ronds rayés de mayonnaise ou de ketchup. Et en un seul coup de manette, des gobelets se coiffaient de pyramides torsadées aux tons pastels.

Au comptoir la clientèle n'avait pas à patienter trop longtemps. Les employés des bureaux ou des magasins voisins n'étaient pas encore en pause. Seuls quelques voyageurs très pressés passaient par là. Ils s'attablaient au plus près de la sortie, avalant à la hâte leurs denrées aseptisées, tout en surveillant l'écran d'affichage des trains.

Robin s'est vite échappé vers l'espace réservé aux enfants, situé tout au fond de la salle de restauration. Parmi les tables proches de l'aire de jeux, une seule était occupée par un homme âgé, très absorbé par la lecture de son journal.

À côté, une porte automatique vitrée permettait un accès direct au premier quai. Tout en passant commande, j'en surveillais bien sûr tous les mouvements ainsi que les alentours.

Robin, s'assurant du regard que je l'observais, s'est débarrassé de sa doudoune bleue en la fixant par la capuche, sur le nez d'un clown géant. Fier d'afficher après ses quelques mois d'école maternelle, de nouveaux degrés d'autonomie, il s'est ensuite déchaussé comme un grand. Puis il a déposé ses brodequins de cuir bleu dans les alvéoles du range-chaussures.

Il s'amusait bien sur le toboggan ! Laissant de côté le petit escalier prévu pour la montée, inlassablement, il peinait en sens inverse depuis le bas de la piste lisse. Je le regardais, amusée, quand un voyageur s'est installé au plus près des filets colorés marquant la limite de l'espace ludique.

Assis dans l'ombre d'un poteau de soutien et se tenant de dos, il n'était pas parfaitement identifiable, mais une crainte commençait à renaître en moi. Car sa tête, légèrement tournée, laissait supposer des yeux posés avec insistance sur mon fils. Or ce regard me semblait bien proche de celui qui m'avait interpelée pendant notre trajet matinal en train. En tous cas cet homme portait, lui aussi, un blouson de cuir noir et il n'y avait pas un seul bagage à côté de lui.

J'avais hâte de retrouver Robin qui, au moment où notre plateau était au complet sur le comptoir, gravissait toujours la partie lisse du toboggan.

Mais j'ai dû le quitter des yeux, un court instant, pour régler ma commande. Et quand juste après, je me suis retournée vers l'endroit réservé aux enfants, celui-ci était désert...

L'homme au blouson noir avait disparu de la salle et mon fils du toboggan ! Alors j'ai traversé la salle en courant et en criant :

- Robin !

Mais je n'ai obtenu de lui aucune réponse alors que son vêtement masquait toujours aussi stupidement le nez du clown immobile. Les chaussures bleues étaient encore présentes dans les alvéoles du meuble de rangement placé au plus près de la porte automatique… Aussitôt, dans ma tête, une pensée horrible s'est imposée : mon petit venait d'être enlevé !

J'étais envahie toute entière par d'insupportables hypothèses. Ma vie s'arrêtait là, au milieu des odeurs de frites de ce fast-food. Mes jambes tremblaient et en pleurs j'ai franchi au plus vite la porte diabolique s'ouvrant vers tous les dangers possibles.

Je cherchais, dans la foule, une silhouette masculine avec sur l'épaule, les boucles blondes d'un enfant endormi, en quelques secondes, avec une substance anesthésiante.

Sur le quai voisin, un train venait de déverser une masse très compacte de voyageurs que je fendais agressivement, dans ma hâte d'en empêcher le redémarrage.

Il fallait absolument qu'il reste en gare malgré l'annonce de son départ imminent, prête à être confirmée par un coup de sifflet.

Affolée, je bousculais, sans aucune excuse, les personnes traînant négligemment de lourds bagages derrière elles. Mais c'était peine perdue ! Je suis arrivée au moment même où les portes du train, s'élançant déjà sur les rails, se rabattaient.

Vainement, j'ai aussitôt questionné le chef de gare sur les derniers passagers qu'il avait vus en scrutant aussi inutilement, les visages derrière les vitres défilant devant nous. De plus en plus paniquée et en dépit du bon sens, j'ai alors couru dans le hall de cette gare immense, recherchant notre voisin de compartiment.

Devant le tableau d'affichage de départ des trains, dans les kiosques ou sur les tapis roulants des hommes dépourvus de sac portaient eux aussi, un blouson de cuir noir.

Cependant, ils étaient seuls et leurs silhouettes étaient plus enrobées que celle mémorisée, quelques heures auparavant, sur l'un des fauteuils du train.

C'est alors que mon psychisme, complètement ébranlé, a laissé passer une lueur de lucidité pour me ramener à la case départ de ce terrible rapt de mon enfant.

Car avant de faire appel à la police, ce passage ne serait-ce que pour reconstituer les premiers éléments liés à la disparition éclair de Robin, m'est apparu soudain comme prioritaire.

Moins d'une dizaine de minutes s'étaient écoulées depuis que j'avais quitté, complètement chamboulée, l'arrière-salle du fast-food ct rien n'avait bougé depuis.

Le plateau jeté en vrac sur une table était encore là. Aucun autre enfant ne s'était invité dans cet univers coloré où jouait Robin…

Le manteau encore agrippé par la capuche sur le nez du clown et les chaussures n'attendant plus que leur jeune propriétaire pour se remettre en marche, me donnaient envie de hurler. Mais je me suis contenue, affichant le minimum de calme dont je pouvais encore faire preuve pour solliciter le vieux monsieur, toujours plongé dans son journal.

J'aurais dû commencer par là bien sûr ! Car lorsque je lui ai demandé s'il avait vu mon fils, son air ahuri et sa réponse, accompagnée d'un haussement d'épaules ont commencé à me sortir de mon délire :

- Bien sûr que je sais où il est votre enfant… Il joue dans le tunnel et depuis un bon bout de temps !

Je me suis alors ruée, en chaussures, sur le sol matelassé de l'aire de jeux pour explorer l'intérieur du gros boyau rouge menant au toboggan.

Et là, Robin était immobile ! Il émettait, à voix basse, de très petits grognements… Tiré de son beau rêve par mon inhabituel cri d'appel, son regard traduisait autant de colère face à mon irruption brutale que de révolte de me voir débarquer ainsi, chaussures aux pieds, dans son sanctuaire.

Et lorsque, pas encore apaisée et toujours tremblante, je lui ai demandé la raison de son silence lors de mes appels, il m'a répondu, agacé :

- Mais enfin… Tu n'as pas encore compris qu'un crocodile ça ne répond jamais quand ça dort ?

JE NE SUIS PAS CELLE QUE VOUS CROYEZ !

Il a éclaté de rire face à ma réponse quand il m'a demandé, absolument sûr de lui, si j'étais bien Aubépine... Et je ne l'étais pas ! Virtuellement, j'étais Rose-On-Line, tout simplement parce que pour l'état civil, mon prénom c'est Roselyne.

Celui que j'attendais pour un premier rendez-vous hors écran était Gepetto, ou plus exactement Ernesto, prénom annoncé en tous cas ! D'après les photos, c'était un beau grand brun, très charmeur.

Et après quelques semaines d'échanges, par écrit et ensuite par téléphone, il avait insisté pour que cette rencontre réelle se fasse précisément ce vendredi 13.

- Amour, c'est notre jour de chance… disait-il, mettant en avant la date du jour comme un porte-bonheur, de sa voix chaleureuse qui me faisait chavirer.

Bien sûr son travail, trop prenant, ne lui permettrait pas de prolonger jusqu'au lendemain matin, notre toute première soirée à passer ensemble. Car après notre tête-à-tête, il lui resterait encore un gros dossier à préparer. Mais il m'a présenté comme un cadeau réciproque ces quelques heures délicieuses s'annonçant pour nous.

Dans ce bar à vins douillet, là où nous devions nous retrouver, j'ai d'abord commandé un vin léger. Il me fallait atténuer l'appréhension grandissante qui m'envahissait tandis que je voyais arriver l'heure de mon face à face avec la réalité. Car tout ce que cet homme m'avait laissé paraître de sa belle assurance, m'intimidait.

Et j'avoue que son retard m'a d'abord soulagée. Il me donnait un minimum de répit pour me préparer à l'accueillir dans les meilleures conditions.

Cependant les aiguilles de ma montre ont commencé à se tourner anormalement vers des temps de plus en plus longs.

J'ai d'abord mis ce contretemps sur le compte de quelques embouteillages. Ensuite j'ai pensé à une réunion qui pouvait s'éterniser. En tous cas je me suis abstenue de le déranger avant un bon moment.

Mais près d'une heure d'attente après, sans nouvelles et face à un téléphone désespérément muet, ma confiance en Gepetto, de plus en plus vacillante, s'est totalement effondrée.

Prête à partir, je rangeais dans mon sac le roman que j'avais eu le temps de terminer en patientant.

Je venais en effet d'arriver à la conclusion que Gepetto était probablement un de ces innombrables Pinocchio qui, l'alliance en poche, cherchaient sur les sites de rencontre de quoi s'échapper, de temps à autre, de leur vie trop rangée.

Là, l'offre pléthorique de femmes esseulées leur permettait de pimenter et de façon quasiment illimitée, une vie conjugale devenue ennuyeuse à leur goût. Cela évidemment sans prendre le moindre risque d'en perdre le confort !

Dans de tels cas, il suffisait d'un rien pour qu'une épouse, un peu perspicace, déjoue le plan d'un retour annoncé trop tardif pour être honnête.

J'allais me lever de mon fauteuil pour revêtir mon manteau quand cet homme, que je n'attendais pas, s'est approché.

Lui, il cherchait plutôt Aubépine, une petite brune comme moi, d'où sa méprise. Mais celle-ci accusant un retard annonciateur d'une seconde déconvenue au même endroit, poliment, il s'est invité à ma table.

Avec les faux bonds de ces deux « lapins » posés à la même heure et au même endroit, nous n'avions plus rien de prévu. Et pourquoi ne pas faire un pied de nez à ces fâcheux comportements en prenant un verre et même en dînant ensemble ensuite ?

« Prof », dont c'était le pseudo parce qu'il l'était dans sa vie professionnelle, n'était pas simplet. À première vue il était beaucoup moins séduisant qu'Ernesto.

Sur ses photos, ce dernier posait toujours avec des coupes de cheveux impeccables et des vêtements taillés spécialement pour lui qui le mettaient parfaitement en valeur.

Or « Prof », ou plutôt Philippe de son prénom, là j'en étais certaine, était à l'opposé ! Il avait moins de prestance avec ses cheveux un peu ébouriffés et sa tenue, soignée, mais avec une tendance plutôt décontractée.

Sa gestuelle trahissait un fond de timidité que probablement, il venait de surmonter pour pouvoir m'aborder. Et malgré tout, il dégageait un certain charme.

L'avantage de cette situation incongrue, c'est que nous étions de foutus loosers et que d'emblée, aucun des deux ne s'est senti obligé de se présenter sous un angle flatteur, bien au contraire !

Devant le bar, nous avons d'abord plaisanté sur notre identique mésaventure. Puis nous avons relativisé avec une certaine philosophie…

L'amour, nous le savions déjà d'ailleurs, ne peut pas s'inscrire, à notre demande, sur la date précise d'un calendrier. Il est toujours possible d'essayer de tenter le diable pour le forcer à se découvrir au moment où nous le voulons. Cependant il reste obstinément caché derrière le hasard qui reste toujours le dernier maître en la matière.

Malgré tous nos moyens sophistiqués pour communiquer d'une partie du monde à l'autre, il garde sa part d'imprévu sur laquelle nous n'avons que peu de prise. Et au fond, c'est plutôt en improvisateur que l'amour peut se révéler comme le meilleur des magiciens !

Toujours est-il que j'ai accepté volontiers cette invitation spontanée, suivant cet inconnu jusqu'à la première brasserie venue. Là, en toute simplicité, nous nous sommes attablés. De toute façon, nous avions tout notre temps pour prendre ensemble et en faisant connaissance, notre repas du soir.

C'est ainsi que celui qui m'avait semblé très insignifiant au premier abord, m'a paru, au fur et à mesure de l'avancée de la soirée, de plus en plus attirant.

Pourtant, pendant ces premiers échanges, mon interlocuteur s'est très peu dévoilé. Mais au travers de petits riens, progressivement, je le trouvais attachant. Il avait beaucoup d'esprit, un rire franc et une émouvante attitude de gaffeur.

À la sortie du restaurant, il m'a fait remarquer que nous ne regardions pas ensemble dans la même direction quand nous nous sommes tournés vers celles, opposées, de nos domiciles.

Puis, singeant ma première réplique, il m'a annoncé avec un petit sourire en coin :

   - Je suis pas celle que vous croyez… Donc je ne te propose pas d'aller plus loin. Pas un premier soir en tous cas !

J'étais tout à fait d'accord ! J'avais besoin de me retrouver seule après ces heures marquées par l'attente, la déception et dans la foulée, comme un lot de consolation, une coïncidence m'apparaissant heureuse déjà. Car elle venait de m'offrir le partage d'un moment inattendu avec un homme, poussé vers moi par un incroyable hasard.

Avant de nous quitter, nous avons bien sûr échangé nos numéros de téléphone afin de reprendre, quelques jours plus tard, le fil de notre conversation.

Et c'est ainsi que Philippe, ce prof passionné d'histoire tout en déplorant d'être, dans sa vie à lui sans histoire, est entré d'une façon tout à fait improbable dans la mienne.

L'amour programmé, au cours de ce mois d'hiver, s'était dissimulé, bien loin derrière l'écran total de nos espoirs virtuels. Et il nous avait surpris en plein cœur de notre désarroi !

Il est courant de dire que les gens heureux n'ont pas d'histoire. Et pourtant, la nôtre, née il y a quelques années exactement un vendredi 13, reste bien réelle. Elle tourne ses pages, les unes après les autres, avec ses inévitables disputes pour des broutilles quand nos différences s'affrontent.

Mais elle distille dans notre quotidien, qui s'est enrichi de la naissance de nos deux enfants, des moments heureux remplis par la joie de vivre de notre petite famille.

UNE JOURNÉE PARTICULIÈRE

En ce jour de canicule, notre village baigne dans les odeurs de foin coupé. De lourdes bottes de fourrage s'évadent des prairies mises à nu par les incessantes allées et venues d'engins agricoles.

Après la sonnerie annonçant la deuxième partie de la journée, la porte de l'unique usine locale s'est refermée sur l'arrivée du dernier ouvrier.

Derrière les clôtures des jardins, des courageux remplissent des cagettes de légumes destinées aux premières conserves de la saison. Pendant ce temps-là, dans l'unique épicerie du bourg quelques ménagères, panier à la main, s'attardent devant la caisse en échangeant de derniers ragots.

À l'ombre d'un parasol publicitaire, sur la terrasse du café d'en face, des hommes bedonnants jouent, cartes sur table, le paiement de leurs tournées suivantes, déjà bien parties en ballons rouges !

Juste à côté, derrière une fenêtre grande ouverte, la couturière se concentre sur l'ouvrage que ses mains guident sous l'aiguille de sa machine à coudre…

Je viens d'avoir dix ans et je suis à présent libre d'aller et venir dans ce monde paisible avec une seule contrainte ce jour-là, celle de m'occuper de ma petite sœur et de la fille de notre voisine, à peine plus âgée.

Cela m'interdit donc de rejoindre ma bande de camarades de jeux. En effet nos inventions, de plus en plus malicieuses, pourraient présenter quelques risques pour ces cadettes.

Avec elles, je prévois plutôt une balade tranquille au bord de la rivière. Son cours s'étire au milieu des herbages situés en dehors de la zone des habitations, mais elle nous reste accessible à pied.

Malgré la chaleur, il n'est pas question de nous baigner hors de la présence d'adultes et nous n'emportons pas de serviettes de bain. Nous ne quitterons pas nos robes légères nous habillant respectivement, en bleu, en blanc et en rose !

Au sortir de la dernière rue, nous nous engageons sur un chemin de terre. De temps à autre, nous devons nous écarter. En effet, de grosses remorques tractées nous crache en passant des morceaux d'herbes sèches.

La rivière nichée dans une vaste prairie est, en ce début d'après-midi, arrosée de soleil. L'eau claire suit gaiement les méandres de son lit, en sautillant sur des galets, à peine verdis par quelques mousses.

Proche de ce milieu aquatique, une activité nouvelle pour ces petites filles me vient à l'idée. Leur apprendre à faire, avec des cailloux plats, des ricochets dans l'eau. Et je propose que nous nous arrêtions sur une plage graveleuse pour y chercher des pierres adaptées.

Face à nous, quelques rangées de roseaux marquent, de leurs lignes pointues, les limites de la terre ferme. Et avec le bas niveau actuel de son cours, l'eau contourne une petite île, née cet été, entre les deux berges de la rivière.

Les petites aimeraient y aller mais je leur interdis de le faire. Je sais que sur cette courte distance, des trous trop sournois pourraient nous surprendre !

Je les garde donc toutes les deux au sec, les amenant plutôt à s'intéresser aux formes et aux couleurs différentes de nos échantillons de rocaille. Et c'est en relevant la tête après le ramassage d'un bel éclat de roche orangé que je remarque, au cœur d'un des bouquets de la végétation d'en face, le derrière nu d'un adulte accroupi.

Dans mon esprit, un besoin urgent l'a amené à prendre une telle position et sans qu'il se rende compte qu'il est bien mal abrité des regards.

Une énorme envie de rire me gagne aussitôt… Et je veux la partager avec celles dont j'ai la garde.

Je les invite à regarder vers l'autre rive quand tout à coup, sur l'îlot affleurant de l'eau, je vois que l'homme s'est levé et qu'il s'avance droit vers nous !

Entièrement nu, il nous fait face, tenant au bout d'un de ses bras écartés, comme pour mieux s'exhiber, un maillot de bain rouge sang. Son corps est effrayant ! D'abondants poils noirs recouvrent sa peau, depuis sa mâchoire sombre jusqu'au bas de ses jambes. Une image contrastant avec celle du corps des hommes vus dans notre entourage.

Les jours d'été, d'une portion de torse d'homme se dégageant d'un débardeur ou de jambes, dévoilées par le port d'un short, jamais une telle pilosité ne nous a été renvoyée. Et puis si nous avons vu et même ri de certains « zizis » de petits garçons changés en notre présence, cela n'a rien à voir avec cet impressionnant sexe d'homme pointé en notre direction.

Mis aussi crûment en lumière, ce gros morceau de chair rose surgissant d'une touffe dense de poils noirs, est terrifiant. Cette « origine du monde », version masculine, nous est tout à coup imposée par un personnage au regard trouble qui émerge de la rivière...

À peine croisé une ou deux secondes, son regard me pousse, autant que sa dangereuse impudeur, à fuir immédiatement. Mais inconscientes, les petites ne veulent pas abandonner si vite leurs jolis cailloux. Alors j'empoigne un des poignets de chacune d'elles. Il nous faut déguerpir le plus vite possible !

Et comme des bouquets qui s'envolent, nous nous mettons à courir, en bleu, en blanc et en rose...

Essoufflées, nous ne nous arrêtons qu'au moment où un tracteur vient de marquer nos robes de la poussière levée à la croisée de nos chemins.

La ferme qu'il vient de quitter est toute proche. À quelques centaines de mètres de là, de premières maisons se dressent. Leurs volets clos, gardant un minimum de fraîcheur, laissent passer par les persiennes la tendance à la suspicion de ses habitants. Et, si une personne mal intentionnée nous approchait, ces regards inquisiteurs seraient aussitôt alertés.

À l'entrée du bourg, la cloche de l'Eglise annonce une nouvelle heure et, comme les autres jours, chacun vaque à ses occupations. Rien n'a bougé dans notre rue l'atmosphère semble toujours aussi rassurante !

Devant la maison familiale, nos mères échangent quelques mots en sortant de leurs jardins.

La mienne a calé sur une hanche un saladier rempli de groseilles et la voisine tient, dans un coin de son tablier relevé, des légumes prévus pour le repas du soir.

Leurs mines froncées annoncent les réprimandes à venir devant la grisaille de nos vêtements. Cependant je ne leur laisse pas le temps de nous gronder !

Avant qu'arrive la moindre remontrance, je leur raconte notre fuite face à un homme qui tentait de nous approcher, alors qu'il était entièrement nu.

L'exhibitionniste dénoncé, un habitant du village contigu, nos mères en connaissent les difficultés personnelles au sein d'une famille éclatée.

Elles échangent sur les risques de l'enfoncer davantage et ceux de la violence qu'il encourt si leurs maris, ainsi que d'autres habitants, apprennent ce qui nous est arrivé.

Ici de toute façon, les enfants ne sont pas systématiquement tenus à l'écart des mauvaises surprises que la vie peut leur réserver. Et s'il a pu être choquant pour des petites filles de voir un adulte s'exposer ainsi, celui-ci n'a au final pu toucher aucune de nous.

Alors les deux voisines finissent par décider de ne pas ébruiter l'événement.

D'ailleurs les deux petites, elles, se sont vite éloignées du sujet. Elles ont tracé une grande marelle au sol. Et à cloche-pied elles poussent à tour de rôle, l'une des pierres plates destinée au départ à caresser la surface de l'eau.

De mon côté j'aurais beaucoup de questions à poser mais les hommes vont bientôt rentrer de l'usine et il y a beaucoup à faire à la maison. Les choses en resteront là, après une injonction à ne plus jamais nous éloigner ainsi du village.

Armée de quelques années de plus, j'ai vu un matin ce villageois réapparaître dans notre quotidien régional. Souriant, il tenait l'une des premières places dans la galerie de photos nous faisant part des derniers mariages venant d'être célébrés dans la région. L'épisode de son exhibition m'est alors revenu en mémoire. Mais avec la jolie jeune femme qu'il avait accrochée à son bras, j'étais convaincue qu'une nouvelle vie commençait pour lui. Il ne devrait plus jamais se comporter comme il l'avait fait.

À ce moment-là j'ai cautionné et sans réserve, la position de ma mère et de notre voisine. Elles avaient évité d'ajouter des problèmes à ceux dont ce type était lourdement chargé déjà.

Chacun doit avoir droit à une seconde chance et celle de cet homme, c'était sans doute d'avoir pu enfin trouver l'amour.

Cependant une demi-douzaine d'années plus tard, dans un hall de presse, la photo d'un individu faisant la une de ce même journal m'a arrêtée ! Curieusement, son regard me ramenait à celui qui m'avait tant terrifiée lors d'un jour d'été de mon enfance…

Et pour cause, c'était celui de cet homme devenu père de famille, des années après s'être exposé nu au bord de l'eau et mis depuis la veille, sous les verrous.

Car il avait été surpris par son épouse, en train de violer leur fille aînée, âgée de cinq ans seulement.

NOUVEAU CYCLE

Ici, en plein cœur de la ville, les réveils n'ont pas encore sonné et tout est en veille ! L'aube repousse la nuit et je la contemple, enroulée dans un peignoir douillet mais bien trop ample pour moi !

Les jeux de lumière, quand les mouvements et les bruits de la rue ne sont pas encore à l'ordre du jour, me fascinent, où que je sois. À l'extérieur comme à l'intérieur, je pose mon regard sur un environnement qui m'est totalement inconnu. Comme cet homme, encore endormi, qu'hier à la même heure, je ne connaissais pas encore. Pourtant, je viens de passer avec lui la soirée et même toute la nuit de la Saint Valentin !

Dans nos vêtements mêlés sur le sol, les miens et ceux de mon hôte, il n'y a ni dentelles, ni soie aux cinquante nuances de rouge. Aucun écrin, d'où serait sorti un bijou que je porterais à mon cou n'est posé sur un meuble et pourtant, je viens de passer outre mes principes…

En effet, jusque-là je m'étais toujours affranchie de toute obligation calendaire. D'ailleurs en tête de liste, j'avais mis la Saint Valentin avec ses objectifs clairement commerciaux. Et de toute façon, après une rupture très pénible, je n'aspirais plus à revivre à deux dans l'immédiat.

Je suivais seule et plutôt sereinement mon chemin, comme hier en fin de journée.

Loin d'une seule pensée se référant aux amoureux, je roulais vers mon domicile sur une piste cyclable. Toute idée liée à cette prétendue « fête des cœurs » était à mille lieux de mes préoccupations du moment.

Seule l'humidité ambiante m'incitait à pédaler plus vite afin de retrouver mon confortable studio pour une douche chaude et une soirée lecture en solo.

J'étais encore à la périphérie de la ville quand un homme, circulant comme moi en deux roues, m'a interpelée. Il m'a signalé que le feu arrière de mon vélo ne fonctionnait plus. De son côté, c'est la lumière avant du sien qui venait de s'éteindre au cours de sa sortie cycliste.

Il a donc suggéré que nous poursuivions notre chemin en restant très proches, sous forme d'une espèce de quatre roues éclairé à l'avant par moi et à l'arrière par lui.

Ainsi, dans un brouillard épais, tombant en même temps que la nuit sur notre route, les voitures nous frôlaient. À l'usage, ce tandem improvisé m'a semblé astucieux... Et pour les quelques kilomètres restants, nous avons donc fait front ensemble contre les dangers de la désinvolture des automobilistes.

Normalement, nos chemins auraient dû se séparer devant le

domicile de mon coéquipier. Mais me proposant de marquer un arrêt, celui-ci a déjà tenté de réparer la lumière de mon vélo. Or faute de matériel de remplacement adapté, il n'a pas pu le faire.

Alors il a proposé que nous dînions ensemble, promettant de me raccompagner en voiture, un peu plus tard.

C'est ainsi que casques à la main et en tenues de cyclistes, nous sommes entrés dans le premier restaurant qui se présentait. Avec nos pas très bruyants en raison de nos chaussures à cales qui se posaient sur le plancher, notre entrée fut des plus remarquées.

Et c'est en voyant les chandelles, les coupes de champagne et les couples aux apparats et gestes rendant déjà évidente la suite de leur soirée, que nous avons réalisé que nous étions le 14 février.

La date du jour nous aurait voulus plus endimanchés et moins outrageusement voyants surtout ! En effet, nos blousons fluorescents associés à des cuissards moulants aux couleurs criardes pouvaient passer, au sein de toute cette clientèle bien mise, pour une provocation. Et si, même hors tenue de circonstance, nous avons été admis, c'est probablement parce qu'il restait des tables non réservées.

Celle qui nous a été attribuée était située dans l'endroit le plus discret de la salle. Nous étions proches de la porte des toilettes… Ce qui au passage a causé à nos pauvres casques posés au sol, la réception de quelques malencontreux coups de talons aiguilles. Ceux-là même qui, associés à des bas résilles et d'autres ostentations, nous rappelaient de temps à autre à l'ordre du jour !

Probablement par un souci d'uniformisation de l'ambiance de la salle, nous avons quand même eu droit aux chandelles et au bouquet de roses rouges, installés aux côtés des chers menus proposés.

Cependant le sourire de la serveuse n'était pas compris dans la prestation pose d'une carafe d'eau sur notre table dépourvue du seau à champagne de rigueur. Mais au cours de ce repas partagé, le plus modeste de la carte, une certaine complicité due à la situation dans laquelle nous nous étions embarqués, s'est vite installée entre nous.

Pourtant nous étions, l'un comme l'autre, très loin d'être à notre avantage. Nos visages, rougis par le froid, étaient encore marqués par nos lunettes de cyclistes. Et nos cheveux, malmenés suite à quelques heures de port de casque et de bandeau, étaient plutôt hirsutes. Mais notre jeu de séduction totalement improvisé, en était des plus surprenants !

Après la consommation d'un plat unique qui nous a valu, dans l'expression du visage de la patronne, quelques degrés supplémentaires d'antipathie, nous avons quitté cet endroit, hilares.

Au départ nous envisagions de prendre un dernier verre dans

l'un des bars proches que nous espérions sans référence au patron des amoureux. Mais derrière les vitres, les lumières tamisées et pire, des ballons rouges luisants en forme de cœur, nous ont amenés à y renoncer.

Mon coéquipier en a déduit que, finalement, le seul lieu neutre du quartier était son domicile et je l'y ai suivi ! De son appartement situé sous les toits, il m'a d'abord fait visiter le côté professionnel, là où il travaillait sur de complexes traitements de sons. Puis il m'a invitée dans la partie privée...

Très vite, j'ai perdu les pédales! La douche chaude, à laquelle j'aspirais quelques heures auparavant, je l'ai partagée en toute spontanéité avec mon compagnon de route. Cela avant même de finir le verre qu'il m'avait servi et après m'être débarrassée rapidement, comme lui d'ailleurs, de ma tenue sportive.

Avec nos vêtements collants, nous ne pouvions que déroger à la cérémonie d'un déshabillage plus subtil et la suite fut des plus classiques. Notre jeu des lois de l'amour a ce soir-là, tout simplement pris quelques raccourcis...

Ce matin, tandis que j'écris la première page de cette histoire, je n'ai aucune idée de la place que cet homme encore endormi tiendra ou pas, dans ma vie !

Sera-t-il seulement une brève halte dans mon parcours ou s'est-il simplement improvisé en « Escort gratuit » pour m'accompagner, à la mi-février, dans la mise en scène inattendue d'une soirée amoureuse ? Ou une relation plus durable est-elle née entre nous ?

La lumière du jour éclaire totalement la chambre maintenant et il serait temps que je parte, mais il se réveille et me réclame à ses côtés.

Mon travail et le sien vont devoir attendre un peu ! Nous invoquerons un lendemain de Saint Valentin pour excuser nos retards respectifs dans nos obligations lors des heures à venir...

Pour les jours suivants, nous devrons nous discipliner, car j'ai comme l'impression que les murs qui m'entourent vont bientôt me devenir familiers !

OÙ EST PASSÉ CHARLIE ?

Où est passé Charlie ?

Ce chien berger australien de couleur majoritairement grise accompagnait le 23 septembre dernier, la femme âgée renversée par un chauffard à la sortie du lieu-dit « Les Hauts du Bois ». Sortie de son coma, elle le réclame et elle a besoin d'aide pour le retrouver. Il sera son meilleur soutien au moment où elle va entamer une longue phase de rééducation. Merci de me contacter au : 0612791534.

C'est en feuilletant l'un de ces quotidiens passant d'une table à l'autre dans le bar où je me réchauffe d'un café que ces quelques lignes me font l'effet d'un coup de poignard.

En cette saison, l'endroit attire beaucoup de passants fuyant le froid hivernal de la rue ! Mon cœur se met à battre la chamade. Je retiens des larmes que je ne peux quand même pas exposer dans cette salle au complet. Et en tous cas je ne peux que constater que la personne ayant rédigé cette annonce a visé juste.

Comme ce petit homme à lunettes se cachant dans les images denses d'un livre pour enfants, le compagnon de cette vieille dame, porteur du même nom, s'est dissimulé dans le quartier. Et moi je sais où… Car c'est le hasard d'un matin dominical qui l'a poussé, il y a trois mois, à s'incruster dans ma vie.

Ce jour-là, dans un bout de forêt, je flânais tout en écoutant le frottement des feuilles se balançant dans une brise douce. De temps à autre, l'essoufflement d'un coureur passant par là ou le son des sabots d'un cheval martelant le sol, me tiraient de ma rêverie...

Au bout d'une tranchée, j'ai quitté l'ombre fraîche des arbres pour rejoindre l'orée du bois. Une belle lumière d'automne illuminait le paysage.

De part et d'autre d'un sentier goudronné coupant en deux une vaste prairie, des vaches beiges broutaient et des chevaux se poursuivaient crinières au vent. Posées sur un fil, quelques hirondelles rassemblées annonçaient la fin proche de l'été. Et en bordure du chemin, de premiers buissons rougis donnaient déjà le départ des autres couleurs à venir.

À un moment donné, j'ai perçu le bruit lointain de pas… Ils sont devenus de plus en plus proches mais j'ai marché tranquillement sans me retourner. Cette personne, en balade comme moi, n'allait pas tarder à me doubler. Aussi je m'apprêtais à voir progressivement l'ombre d'une silhouette s'allongeant au bord de mon chemin.

Cependant, même quand je ralentissais le pas cette présence pressentie restait invisible à mes yeux. Derrière moi, il me semblait qu'elle ajustait son rythme d'avancée au mien !

C'est finalement par le toucher que l'inconnu, marchant dans mon dos, a fini par se dévoiler ! D'un coup de museau humide sur ma main, un chien m'a signalé son dépassement et de très peu en fait.

Car à partir du moment où il s'est montré, il ne m'a plus quittée. Il sautillait sur le macadam, devant, derrière ou à côté de moi. Il s'offrait de très petites haltes, levant l'une de ses pattes arrière ou explorant çà et là quelques touffes d'herbe. Par la suite il me revenait à pas légers et à peine audibles.

Pendant un de ses arrêts, j'ai jeté un coup d'œil en arrière. Je comptais échanger quelques mots avec la personne qui l'accompagnait. Mais nous étions seuls, lui et moi, au milieu des herbages !

Il affichait l'aspect d'un animal choyé. Son pelage gris bleuté, marqué de blanc et de quelques touches dorées, était soigné.

Quand il marchait, les poils longs de sa queue s'agitaient en l'air, comme l'auraient fait les cheveux d'une fillette ayant rassemblé les siens avec un chouchou.

Il se déplaçait comme s'il était libre de toute attache dans ce bout de parcours… Mais je m'attendais à ce qu'un sifflement ou un automobiliste, s'arrêtant à notre niveau l'interpelle à un moment ou à un autre. Cependant, nous avons continué à cheminer longuement côte à côte, sans que qui que ce soit se manifeste.

À l'approche de mon domicile, j'ai cherché sur le collier de cuir rouge qu'il portait, les coordonnées du maître ou de la maîtresse de ce compagnon surprise.

Curieusement à l'extérieur, entre la boucle de fermeture et le point d'insertion de la laisse, comme sur la face interne d'ailleurs, je n'ai trouvé aucune indication. Aussi, après quelques caresses pour le remercier de m'avoir si gentiment tenu compagnie, je l'ai quitté devant la porte de mon immeuble. Il me semblait suffisamment intelligent pour pouvoir retrouver après ce sympathique détour à mes côtés, sa vraie maison !

Mais environ une heure après, tandis que je sortais pour aller à la boulangerie, je l'ai vu installé sur un coin du parking, comme s'il m'attendait... Et il s'est levé à mon approche !

Alors, tels de vieux amis, nous avons de nouveau marché ensemble jusqu'au magasin dont il connaissait apparemment tous les interdits. Il s'est positionné à l'extérieur, revenant spontanément vers moi dès que je suis sortie. Puis le plus naturellement du monde, il m'a emboîté le pas.

Arrivée à domicile, j'avais l'intention, comme ce fut le cas un peu plus tôt, de l'abandonner à l'extérieur. Mais quand j'ai déclenché l'ouverture automatique de la porte du bâtiment, j'ai croisé son regard… Il me semblait tellement triste, que je n'ai pas eu le courage de lui refuser l'accès quémandé !

C'est ainsi qu'il s'est gentiment invité chez moi, un de ces nombreux dimanches où depuis longtemps, je n'attendais plus personne.

Il n'a pas exploré les lieux tout de suite. Langue pendante devant l'évier, il m'a d'abord fait comprendre qu'il était très assoiffé et il a avalé, d'une seule traite, près d'un demi-bol d'eau. Puis il est passé d'une pièce à l'autre avant de s'asseoir face à moi, pour me regarder cuisiner.

Mon déjeuner du jour, je l'ai donc partagé avec lui, faute d'autres propositions à lui faire. Et il a mangé de bon cœur tout ce qui lui était servi.

Ensuite, il s'est endormi à mes pieds tandis que la télévision diffusait des informations dont il se fichait complètement. Et après sa sieste je l'ai entraîné dehors afin de reprendre, mais à l'envers, notre trajet du matin.

En vain, j'ai scruté les poteaux, les bancs et certains arbres sur lesquels un avis de recherche le concernant pouvait être apposé. Mais je n'ai rien vu de tel et pour la seconde fois, nous sommes rentrés tous les deux chez moi.

En soirée j'ai dû le nourrir de quelques restes, au creux d'une assiette, déjà devenue la sienne ! Et à la nuit tombée, après une dernière sortie dans le quartier pour ses besoins du soir, il s'est vautré en toute décontraction devant la baie du séjour.

Sur mon ordinateur, j'ai alors consulté les sites locaux, puis d'autres, susceptibles de m'indiquer des personnes à la recherche de cet agréable intrus. J'ai parcouru un certain nombre d'écrans traduisant autant de tristesse d'avoir perdu un animal cher que de mots d'espoir pour en retrouver la trace…

D'annonce en annonce, j'ai lu les descriptifs et regardé les portraits de ces compagnons, touchants dans des images de leur vie quotidienne. Aucun ne ressemblait à celui que je voyais, bien enfoncé dans le sommeil, à quelques pas de moi.

Alors j'ai photographié cet animal endormi sur le carrelage. Puis j'ai inséré son portrait, associé à un petit mot avec mes coordonnées dans des annonces dispatchées sur ces quelques sites spécialisés.

Et lorsque dans la soirée, je suis passée devant lui pour aller me coucher, il n'a ouvert qu'un œil avant de se replonger dans les bras de Morphée jusqu'au lendemain très tôt…

Si je suis plutôt matinale, j'apprécie toujours de disposer au réveil d'un moment de calme pour moi seule, avant que le voisinage, puis la rue s'animent. Mais dès ce matin-là, mes habitudes ont été mises à mal.

Dressé devant la porte, la tête légèrement penchée, avec ce regard craquant qui l'avait aidé à s'introduire chez moi, l'inconnu m'a fait comprendre que sa sortie était prioritaire !

Et mon tout premier rituel, d'abord prendre un café en peignoir tout écoutant les informations, j'ai dû le laisser au second plan. J'ai passé des vêtements de sport en un temps record avant de suivre mon invité surprise dans la rue entièrement déserte !

Au-delà des petites habitudes de mes débuts de journée, j'ai réalisé alors que ce chien était capable de bouleverser mon programme tout entier. Car ces impératifs de balades au pluriel, risquaient de compromettre des délais déjà serrés pour le rendu de mes prochaines traductions.

Mais au départ, la perspective de sacrifier une ou deux nuits de sommeil prochainement afin de rattraper ce retard ne me faisait pas peur. Et heureusement, car outre le temps consacré aux sorties pour ses besoins, il me fallait rechercher le lieu de vie de cet animal.

J'ai d'abord pris rendez-vous avec un vétérinaire pour qu'à la lecture d'éventuels tatouage ou puçage, ce canin puisse être identifié et renvoyé chez lui, tout en continuant à le nourrir.

Or, dans le cadre de nos repas partagés, le solide appétit de mon pensionnaire ayant fini par épuiser toutes mes réserves alimentaires, de nouvelles courses, dont un sachet de croquettes, s'imposaient.

Aussi modifiant mon programme d'une douzaine d'heures de travail « non stop » que j'avais initialement prévu, je suis allée avec lui jusqu'à la supérette du coin.

Même dépourvu de laisse, il restait au plus près de moi. Une passante m'a alors arrêtée, me complimentant sur l'élégance de ce compagnon racé, un berger australien m'a-t-elle dit. D'un mouvement de tête j'ai confirmé ses dires, alors que je n'en savais rien et qu'au fond je m'en moquais totalement !

Néanmoins, appréciant ce retour sympathique et même flattée, j'ai caché à l'admiratrice le statut de paumé de mon accompagnateur.

J'ai récidivé un peu plus loin, quand une mère et son enfant nous ont arrêtés. La femme s'est accroupie, à côté de son petit garçon qui a plongé ses mains dodues dans le poil épais de l'animal. J'ai annoncé, sans en être certaine, son manque d'agressivité. Et quand ils m'ont demandé son nom, je l'ai baptisé, en une seule seconde : Toudoux !

Hélas à la maison, depuis l'arrivée de Toudoux, mon « to do » personnel s'est chargé de contraintes nouvelles dont la liste s'allongeait dangereusement. Mes ajouts n'étaient pas tous indispensables mais ce nouveau compagnon m'apportait tant de chaleur qu'il est passé, en un rien de temps au tout premier plan de mes priorités. Et cela sans même attendre les réponses sérieuses du vétérinaire m'affirmant quelques jours après notre passage, qu'il n'était ni pucé, ni tatoué !

Aucune fiche d'identification le concernant ne fut retrouvée dans les fichiers d'identification de ses congénères… Ainsi, du passé de Toudoux, il était fait table rase !

J'avais donc carte blanche pour l'intégrer complètement dans ma vie et j'en étais ravie. Même si, comme je le pressentais, ce serait au prix de quelques déboires professionnels.

En effet peu après l'arrivée de ce chien, n'ayant pas rendu mes traductions pour la date convenue à l'un de mes clients, il est revenu sur sa promesse de me confier les travaux suivants.

Curieusement, je n'en ai pas été trop affectée ! Mon compte en banque s'en trouvait allégé mais je disposais de plus de temps libre. Car je n'étais plus rivée pendant des heures devant mon écran et personnellement, j'étais moins solitaire.

Grâce aux promenades imposées par mon chien, j'échangeais avec d'autres personnes promenant le leur et même avec d'autres passants qui n'en avaient pas. Étrangement, toutes ces sorties me rendaient professionnellement plus productive.

Dans la foulée j'ai repris rapidement, accompagnée par quatre petites pattes avançant à la même cadence que moi, d'abord la course à pied, suivie du vélo… Et en duo toujours !

Enfin j'avais grand plaisir à intégrer dans ma liste de courses tout ce qui pourrait convenir à Toudoux, puis à regarder ce qu'il appréciait. Je notais ainsi tout ce qui, issu des plats que je me préparais, le régalait pour en tenir compte dans mes propres menus.

Voilà comment chaque jour passé avec lui ajoutait un petit plus de bonheur à une liste longue déjà.

- - - - -

Tandis que je frotte mes bottes encore pleines de neige sur le paillasson, comme tous les jours, mon colocataire s'impatiente devant la porte.

Mais aujourd'hui j'attends qu'elle se soit refermée sur nous pour fondre en larmes sur la douce toison de mon Toudoux... ou du Charlie d'une autre ?

Car je le sais à présent, il est un peu les deux ! Et sa façon de se blottir contre moi, comme s'il comprenait mon désespoir, me laisse imaginer la peine qu'a pu causer sa disparition à sa maîtresse d'origine.

Malgré tout, j'hésite longuement à lancer mon portable à l'assaut des dix chiffres communiqués par le journal. Je trouve des semblants d'excuses pour éviter de le faire !

Je diffère le moment où, en quelques touches, je devrai abandonner l'idée de garder cet adorable poilu avec moi.

Ce n'est que tout à la fin de l'après-midi qu'ayant séché mes larmes, je me décide à composer ce numéro qui me chagrine, celui de la cadre de santé d'un service hospitalier.

Et dès qu'elle décroche son téléphone, elle me parle de la femme évoquée dans son annonce. Toujours hospitalisée, celle-ci se demande ce qu'est devenu son cher animal de compagnie. Aussi mon interlocutrice me demande de faire apparaître Charlie sur l'écran de sa tablette avant de se rendre avec au chevet de sa patiente alitée...

L'image est restituée en taille modeste. Malgré tout, un moment d'émotion passe entre nous et au travers du chien réagissant bien à la voix de celle à laquelle il reste attaché.

Ensuite nous fixons une heure pour mon passage à l'hôpital dès le lendemain. Pour cette première approche, Toudoux, interdit de visite dans une telle structure, restera seul chez moi pendant mon absence !

À l'issue de notre discussion et à mon grand soulagement, sa maîtresse est d'accord pour que sa garde me reste acquise jusqu'à nouvel ordre. Très exactement jusqu'au moment où elle pourra revivre dans sa maison, pas avant de nombreux mois sans doute. D'ailleurs après un temps de silence, celle-ci nous informe que dans sa vaste demeure, un appartement est actuellement vacant à l'étage…

La proposition de Paula est tentante mais il faut d'abord que nous fassions davantage connaissance.

Et c'est au cours de rencontres régulières, dans le parc de l'hôpital où je peux me rendre avec Toudoux, que nous apprenons à nous apprécier. Quand je n'ai pas assez de temps pour aller jusqu'à cet établissement, je passe un petit moment avec Paula, par écrans interposés.

Si son état de santé continue à s'améliorer, elle viendra passer la soirée de Noël avec nous, juste avant mon prochain déménagement.

Ensuite, « Charlie Toudoux » ou « Toudoux Charlie » pourra passer d'un étage à l'autre de sa maison d'origine. Une situation dont il pourra s'accommoder facilement… Après tout il ne sera pas le premier être, de sexe masculin, à pouvoir ainsi passer et en l'absence de tout état d'âme, de l'une à l'autre de ses deux maîtresses !

BASSE VENGEANCE

J'ai arrêté de courir devant la bibliothèque… Cela faisait maintenant près d'une vingtaine de minutes que j'avais commencé ce terrible marathon avec, au creux de l'abdomen, une douleur et une peur ne me laissant aucun répit.

Pourtant je m'y étais très bien préparée à cette journée d'été, déterminante pour mon avenir. Cela faisait six mois que je ne pensais qu'à elle ! Car pour arriver à un but visé depuis longtemps sans succès, je n'ai pas regardé à la dépense en prévoyant l'aide d'un coach.

Pour cela, je me suis tournée vers un homme de grande renommée. Ses honoraires étaient élevés mais justifiés au vu de toutes les étoiles et les commentaires élogieux figurant sur son site.

Il a commencé par augmenter, devant les nombreuses lacunes qu'il a identifiées chez moi, le nombre d'heures d'intervention que j'avais prévues initialement. Mais ayant en lui une confiance aveugle, j'ai accepté et sans discuter les coûts supplémentaires que cela impliquait.

Outre ses précieux conseils sur le maintien et l'assurance que je devais afficher, il m'a orientée vers des moyens classiques de mise en valeur de mon corps.

Je suis donc passée par un cabinet d'esthétique pour une épilation parfaite et un recours aux rayons ultra-violets. Ainsi, sans être obligée d'aller jusqu'aux endroits donnant de tels résultats, je pouvais renvoyer l'image d'une fille dynamique pratiquant régulièrement des activités de plein air.

Quelques jours avant mon audition, il m'a également imposé, moyennant un budget complémentaire, plusieurs séances de relaxation. Plongée dans une ambiance sonore tirée de milieux sauvages, puis dans un cocon de mots choisis susurrés à mon oreille, je suis sortie de ces séances parfaitement détendue.

Ainsi, en pleine audition, je retrouverais dans ma mémoire cet état-là si le trac tentait de me gagner.

J'ai évidemment augmenté le contenu de mon dressing pour l'occasion. Aussi j'ai prévu deux tenues : une pour le cas où le temps serait de saison et une autre si l'été faisait grise mine.

Enfin, pour le grand jour, j'ai négocié et obtenu des rendez-vous très matinaux dans un institut de beauté. Le premier chez la coiffeuse pour le brushing, suivi immédiatement d'un autre avec l'esthéticienne.

Selon les précieuses indications de mon instructeur, afin de rester totalement concentrée sur mon entrevue, j'ai coupé mon portable dès la fin de ma séance de maquillage…

Ensuite, en suivant scrupuleusement un protocole écrit, j'ai préparé mon petit déjeuner. Il comprenait une boisson chaude et des morceaux de fruits précis mélangés à trois catégories de céréales séparées.

Chacune de ces mixtures était à saupoudrer avec des extraits de plantes, soigneusement dosés dans les sachets de couleurs différentes qui m'avaient été remis. Selon le prescripteur, leurs vertus étaient à la fois stimulantes et apaisantes. J'apparaîtrais ainsi pleine d'entrain et je pouvais être certaine de n'avoir aucun tremblement dans la voix ! Puis dans mon univers feutré j'ai laissé comme il se devait, mon lecteur de CD distiller mon morceau de musique préféré : « Rhapsody in blue ».

Ainsi j'avais mis absolument tous les atouts de mon côté. Et par chance, au moment de m'habiller pour l'audition qui m'attendait, un temps splendide m'a permis de revêtir des deux tenues prévues la plus seyante !

J'ai donc enfilé ma superbe robe de lin. Son ton clair mettait parfaitement en valeur le hâle de mes jambes et son décolleté s'ouvrait à peine sur la fine chaînette d'or que j'ai accrochée à mon cou.

Et puis sa coupe étroite au niveau de mes hanches laissait deviner un dessous échancré, ce qui lui donnait une note très discrètement suggestive.

Ainsi vêtue, décontractée, le corps poncé, les cheveux brillants et un savant maquillage rehaussant mon teint doré, j'étais irrésistible. J'ai fini par une touche de parfum.

Un œil sur la pendule, j'ai enfilé des chaussures de cuir fauve assorties au sac dans lequel j'ai glissé mon portefeuille, mon portable, ma brosse à cheveux, ma trousse de maquillage pour d'éventuelles retouches et quelques kleenex.

Il était trop petit pour en contenir davantage. J'ai donc pris sous le bras, le livre dont je connaissais parfaitement les textes à dire mais que je voulais relire pendant le temps de transport pour me rassurer.

Depuis chez moi, le studio n'était qu'à cinq minutes de métro. Toutefois par prudence j'ai prévu une bonne heure de marge.

Car le but sur lequel je m'étais focalisée depuis mon plus jeune âge, devenir une grande actrice, avait cette fois toutes les chances d'être atteint.

Après avoir consulté des centaines d'annonces de casting, adressé ma photo sur toutes les coutures aux agences spécialisées et envoyé des dizaines de courriers, je n'avais jamais décroché de contrats sérieux. Mon unique sélection était plutôt affligeante ! Elle se résumait à avoir exposé, dans une publicité pour une tondeuse à gazon, mes pieds nus sur une pelouse.

Mais ce matin-là, je me rendais à une convocation pour laquelle j'étais sélectionnée parmi très peu de candidates restantes.

Toutes mes années de cours d'art dramatique et de surcroît, mes innombrables efforts de ces derniers mois me donnaient toute l'assurance nécessaire pour aller jusque-là. En gros, le rôle que je visais dans un téléfilm tourné très prochainement, je m'y voyais déjà !

J'arrivais sereinement à la station de métro la plus proche de chez moi quand une panne de ligne a été annoncée. Je ne pouvais qu'éviter de prendre le bus ou un taxi car les embouteillages bloquaient déjà les rues voisines. J'avais eu raison d'être prévoyante ! Loin d'être déstabilisée, je suis partie d'un pas décidé vers mon lieu de rendez-vous.

Je remontais une grande avenue dans un quartier dépourvu de

commerces et de bars quand tout à coup, les doutes m'ayant assaillie un peu avant se sont confirmés. J'ai d'abord dû accélérer le pas, puis me mettre à courir de plus en plus vite…

Cela pour éviter qu'arrive ce que je redoutais !

Après quelques centaines de mètres seulement, mes sandales neuves ont commencé à me faire souffrir. Et ma robe étroite, peu adaptée à ce sprint imprévu, me gênait. Je l'ai relevée pour me lancer dans les efforts démesurés qui devaient me sortir de l'impasse dans laquelle je me trouvais si soudainement engagée…

Dans ma course j'ai perdu aussitôt le bénéfice de mes leçons d'assurance ainsi que celui de mes exercices de relaxation. Puis mon maquillage, ma tenue et ma coiffure, sur lesquels j'avais investi des moyens conséquents, sont passés au dernier plan de mes préoccupations.

Échevelée, sentant mon visage tourner à l'écarlate, je voyais, sous la taille de mon vêtement de lin clair, une série de plis jouant de l'accordéon mais je poursuivais ma route, le plus vite possible.

Je ne respectais pas les passages cloutés et sans attendre mon tour, malgré les coups de klaxons ou les risques surtout, je passais entre les voitures…

Car la bibliothèque dans laquelle je puisais habituellement toutes les pièces de théâtre sur lesquelles je travaillais, se trouvait sur mon chemin. Elle était la seule issue face au danger imminent qui me guettait, il fallait que j'y arrive sans perdre une seule seconde !

J'étais à bout de souffle quand j'ai passé le porche et j'espérais, en entrant dans la cour, être rapidement hors de danger. Mais un temps d'attente s'imposait avant de franchir le portique tournant.

Plusieurs classes d'une école me précédaient et se dirigeaient vers les salles de lecture. Les enfants se bousculaient et s'amusaient à bloquer la porte en essayant de la faire tourner à l'envers. Les maîtresses, armées d'une insupportable patience, se contentaient de contrôler leur nombre en cochant des noms sur une liste interminable.

La peur au ventre, dans un accès de panique, j'ai sauté au-dessus du portique. C'est alors que le livre que je tenais sous un bras s'est écrasé au sol se disloquant en pages éparses qu'un courant d'air a dispersé çà et là. Pendant quelques secondes je pensais, ayant des obligations bien plus urgentes en tête, fuir sans me soucier de l'ouvrage détérioré.

Malheureusement j'étais devant le bibliothécaire qui m'avait personnellement conseillé l'emprunt de l'œuvre gisant à mes pieds.

Il en connaissait très bien l'auteur. Scandalisé devant tant d'irrespect, il m'ordonnait de réparer les dommages dans l'immédiat, m'obligeant ainsi à encore retarder la fin de mon cauchemar.

C'est pourquoi il recherchait mon nom dans son fichier, tandis que je rassemblais fébrilement les feuilles étalées à ses pieds ou réfugiées sous des fauteuils. À peine les pages étaient-elles entassées en vrac sous mon bras humide, qu'il m'a sommée de rembourser les dégâts.

N'ayant pas sur moi le montant exigé en argent liquide, à bout de forces, j'ai jeté mon passeport en otage. Et aussitôt, je suis repartie chancelante avec cette effroyable hantise de mourir... De honte !

Heureusement pour moi, la porte salvatrice avec ses logos rassurants n'était plus qu'à quelques pas et m'ouvrait la voie de la délivrance. J'ai foncé vers elle et là enfin, j'ai pu me laisser aller…

J'ai remercié mes sphincters d'avoir lutté aussi vaillamment contre cette impérieuse envie m'ayant cruellement déchiré les intestins, au moment même où j'étais en route vers la gloire.

Assise sur le bidet, la souffrance et mes terribles craintes se sont enfin effacées avant de me laisser au bout du rouleau... De papier !

Car après m'avoir délivré deux feuillets minces, ce pingre cylindre en carton tournait à vide, autour de son support. Mais ma combativité (miracle du coaching ?) refaisait surface déjà. Après avoir utilisé les quelques kleenex emportés dans mon sac, je suis restée décidée, en dépit de mon aspect pitoyable, d'aller jusqu'au bout de ma démarche.

Au-dessus du lavabo, le miroir dénonçait les auréoles douteuses maculant les emmanchures de ma robe claire et contre lesquelles à ce stade, je ne pouvais plus rien.

Pour le reste, j'ai tenté de mettre un peu d'ordre dans mes cheveux, lamentablement rassemblés en paquets. Puis à mains nues, j'ai effacé les dernières traces des fards si artistiquement déposées sur mon visage. Seul un peu de rimmel est resté sur mes cils, je n'avais même plus de quoi l'éliminer...

Sur place, après m'être annoncée et dans l'attente d'être appelée, j'ai regardé l'heure sur mon portable. J'étais un peu en avance finalement ! Alors au point où j'en étais et en dépit de l'interdit posé mon coach, j'ai lu mes derniers messages.

L'un d'eux venait du concerné justement ! Il m'informait, à l'heure où je devais prendre mon petit déjeuner qu'il avait, par mégarde, inversé la dose des poudres fournies.

Celles-ci allant du simple au triple, je devais me contenter du contenu insuffisant du sachet bleu, mais surtout consommer le tiers seulement du sachet vert pour éviter de sérieux troubles intestinaux !

Une bouffée de haine sans précédent m'a envahie. J'ai alors pensé à la façon dont, pour solde de tout compte, j'allais pouvoir me venger de cet homme.

Dès le début de mon bout d'essai, dont je voyais l'échec se profiler, mon stratège empiétait sur le terrain de ma prestation.

Tandis que l'état de ma robe m'obligeait à rester les bras collés au corps, me limitant dans ma gestuelle, je perdais certains mots au fil des phrases à prononcer. Et puis les larmes emportaient sur mes joues les dépôts restants de mon rimmel.

Aussi avant même que mon bout d'essai se termine, j'étais persuadée que les lignes noires de mon avenir compromis se dessinaient déjà sur mon visage.

Mais finalement, c'est cela qui a retenu l'attention de mon auditoire. Car mon désespoir était tel que ma scène de colère fut des plus authentiques. J'ai même eu droit à de forts applaudissements provenant de certains membres du jury.

Et un moment d'attente après, ébahie, j'ai appris que je faisais quasiment l'unanimité pour l'obtention du rôle convoité. J'étais comblée bien sûr mais il me restait une chose à faire… Rendre à mon conseilleur, la monnaie de sa pièce !

En quittant le studio, je l'ai informé de mes bons résultats. Dans la foulée, j'ai accepté son invitation pour une soirée : celle que j'avais reportée à de nombreuses reprises depuis notre toute première entrevue.

Je le sentais loin d'être insensible à mes charmes. Alors je lui ai demandé de porter ce soir-là, son beau costume blanc signé par un très grand couturier.

En cours de repas, tandis qu'à ma demande, il partait pour remettre un ticket de parking derrière le pare-brise de ma voiture, j'ai versé dans son verre, une quadruple dose de la poudre laxative dont j'avais pu tester les « bienfaits ».

À la sortie du restaurant, jouant la femme amoureuse, je lui ai proposé ensuite de visiter, main dans la main, la partie historique de la ville. Et au cœur des rues désertes, je ralentissais le pas, tandis que je sentais son angoisse monter et que grandissait sa peur de ne pas pouvoir s'empêcher de se lâcher...

Il cherchait du regard mais en vain, un bar encore ouvert à cette heure-là. Montre en main, je jetais de temps en temps un œil discret sur les aiguilles.

J'ai attendu qu'il patiente aussi longtemps que j'avais dû le faire quelques jours plus tôt, avant de l'orienter vers un endroit adapté où il s'est précipité.

Et tandis qu'il en sortait, reprenant de plus belle sa stratégie de conquête, échapper à la suite qu'il espérait, était un jeu d'enfant pour moi. Il ne me restait plus qu'à lui faire remarquer une tache brunâtre suspecte sur le fond de son pantalon blanc…

Il en a perdu tous ses moyens et moi j'ai retrouvé la totalité des miens tout en me dégageant définitivement de son emprise !

L'ATTRAPE-RÊVES

Au creux de lourds volets protégeant la fenêtre de ma chambre d'enfant, deux grands cœurs découpés dans le bois, s'ouvraient, sur l'immensité du ciel gris ou en couleur. Ainsi les soirs de juin, quand une journée d'école m'attendait le lendemain et que je devais me coucher tôt, les derniers rayons du soleil en redessinaient la silhouette sur le mur.

Ces jolis cœurs laissaient la lumière se poser sur un attrape-rêves fixé au-dessus de mon lit. Leurs plumes venaient, me disait ma mère, des ailes d'un ange chargé de veiller sur mon sommeil.

Fixées au bord des deux résilles encerclées de soie rouge, elles dansaient en toute légèreté sous le moindre souffle venu de l'extérieur.

Alors, allongé sur le dos et rassuré par cette bienveillance céleste, j'imaginais que chaque bouquet représentait l'une des personnes que j'aimais le plus au monde.

Dans le cercle supérieur, le plus grand, deux symbolisaient mes parents unis. Puis, dans les trois du dessous, figuraient : ma grand-mère maternelle, Julie ma petite fiancée et Gaston mon meilleur ami. Aussi, tandis qu'elles valsaient, les plumes m'assuraient que tous seraient toujours là pour moi.

Même quand le cœur malade de ma grand-mère n'a plus voulu se battre, j'ai persisté à le croire. Car lorsque j'étais triste, au travers des balancements du symbole resté attribué à ma chère disparue, ses mots consolateurs me parvenaient encore.

J'en ai eu grand besoin quand, à la rentrée, un nouveau garçon est arrivé dans notre école. Car Julie s'est installée à côté de lui en classe et à la récréation, elle ne le quittait plus.

J'étais inquiet et, dans sa tournée du soir, le marchand de sable tardait à passer par ma chambre.

Observant les mouvements aériens des plumes représentant ma bien-aimée, je devinais les interprétations que ma grand-mère en aurait faites. Cette oscillation, entre deux garçons ne pouvait être que temporaire. Passée l'étape de l'attrait de la nouveauté, Julie allait me revenir…

Mais un matin un soleil paresseux, vautré derrière l'horizon a laissé mes rêves se perdre dans le cœur sombre des volets. Et derrière eux, j'ai vu passer les lignes drues d'une lourde pluie automnale, prémisses des larmes que j'allais verser… En effet, pour son septième anniversaire, celle que je considérais comme ma promise, m'a refusé le carton d'invitation attendu. Louis était désormais son amoureux !

Des adultes proches auprès desquels j'ai cherché du réconfort je n'ai obtenu qu'une écoute distraite. D'autres chagrins m'arriveraient plus tard me disait-on et celui-ci n'était qu'une bien modeste entrée en matière…

En effet, avant la fin de l'année un autre m'attendait. Car après la Toussaint, Gaston a dû partir avec ses parents, reprenant la gestion d'un hôtel en Australie.

Nous avons beaucoup pleuré, mais nous nous sommes promis de rester, malgré les distances, amis pour toute la vie. Et au reçu de sa première carte postale j'ai imaginé, sous les plumes qui me le rappelaient, des kangourous bondissant avec leur bébé en poche.

Alors j'ai commencé à réfléchir aux moyens de remplir ma tirelire pour pouvoir un jour, aller les contempler avec lui. Mais mes courriers de réponse, accompagnés de quelques dessins, sont restés lettre morte ! Avant même les fêtes de fin d'année, je devais me rendre à l'évidence. Gaston avait cessé de penser à moi !

L'hiver lui, ne m'a pas oublié au moment où il a frappé à notre porte violemment. Envoyant une forte bourrasque il a détruit l'attache des volets de ma chambre tout en forçant après coup l'ouverture de la fenêtre.

Ce jour-là, mon attrape-rêves a été mis à terre et, dans sa chute, il y a laissé quelques plumes. Et ma mère redressant au mieux celles qui restaient, s'est empressée de remettre mon précieux gardien à sa place.

Les plumes du plus petit cercle du bas se faisaient maintenant très discrètes, un peu comme les proches qu'elles avaient représentés. Cependant dans la partie supérieure restaient deux touffes denses et rassurantes, celles de l'amour indéfectible de mes parents !

Une photo, encadrée sur l'un des meubles du salon, renforçait mes certitudes. Car sur un fond de plage beige et de mer bleue, tous deux se tenaient serrés l'un contre l'autre. La brise sans doute, avait mis du désordre dans les cheveux longs de ma mère. Et mon père, tout souriant, remettait tendrement en place, derrière l'oreille de celle qu'il aimait, l'une de ses boucles folles...

Un bel échange amoureux que mon oncle, photographe, avait su immortaliser. J'étais fier d'être l'enfant de ces deux-là et je n'étais pas trop pressé de grandir. Je les espérais éternellement aussi jeunes, amoureux et invulnérables.

Malheureusement, mon père tardait à réparer l'attache des volets de ma chambre. Désormais les cœurs restaient, plaqués en pochoirs permanents, contre le mur extérieur.

De ma chambre leurs belles courbes, complices des plumes de l'attrape-rêves qui me berçait avant l'arrivée du sommeil, n'étaient plus visibles.

Faute d'avoir la force de faire elle-même cette réparation, ma mère a posé devant ma fenêtre un rideau de tissu lourd. Il s'opposait, le soir à l'entrée des derniers reflets de la lumière du dehors. Selon elle, ceux-ci étaient les responsables de mon endormissement tardif. Mais mon attrape-rêves, privé de la complicité du vent, s'immobilisait !

Pour cette raison-là et pour d'autres le soir, je peinais encore plus à trouver le sommeil. Car au rez-de-chaussée de la maison je devinais qu'après le bruit de la porte marquant le retour de mon père, le silence de ma mère était lourd de reproches. Et pour me préserver sans doute, aucune remarque n'était faite si elle me devinait pas vraiment endormi.

Malgré tout il est des réalités qui n'échappent pas à la sensibilité d'un enfant… Je redoutais le bisou paternel chargé le plus souvent d'une drôle d'odeur ! Alors, tandis que j'entendais dans l'escalier son pas chancelant, j'en venais à souhaiter qu'il omette de passer par ma chambre avant d'aller se coucher. Et quand il avait rejoint la pièce voisine, je saisissais des fragments de disputes, survenant jusqu'au cœur de la nuit.

De jour en jour, je voyais le visage de ma mère s'assombrir devant des courriers qu'elle empilait sur d'autres, restés en attente, dans un tiroir du bureau.

Ses yeux étaient cernés et sa belle chevelure, rassemblée maintenant par un banal élastique, se marquait de fines lignes blanches.

Laissant ses robes colorées au placard, vêtue de vêtements de sport informes, elle partait tôt et de plus en plus longtemps.

Des travaux ingrats et mal payés l'éloignaient de la maison. J'étais souvent seul car mon père n'était pas plus présent. Après avoir perdu son emploi, de lettres de refus en formations inutiles, il fuyait, avec quelques copains, le spectre du chômage illimité dans des bars. Nos dimanches sont alors devenus sinistres.

Notre jolie nappe constellée de fleurs des champs et de papillons, celle qui s'étalait sous les délicieux plats dominicaux préparés de concert par mes parents, était désormais roulée en boule dans le coin d'une armoire.

Le contenu d'un vague sachet décongelé était consommé à peine réchauffé, sur une table mal essuyée et ensuite, chacun restait dans son coin.

Mon père s'effondrait sur le canapé, laissant ma mère tenter de remettre, seule, un peu d'ordre dans la maison. Et de mon côté, je regagnais tristement ma chambre.

Tous nos proches prenaient des distances. Ils oubliaient de nous rendre visite et depuis des mois, plus personne ne nous avait invités quelque part !

Nous venions d'entrer dans une sale période. J'ai réalisé alors que mon attrape-rêves avait été porteur de songes plutôt aléatoires… Finalement, il résumait la fragilité des liens que nous avons avec les autres. La mort, l'évolution des sentiments, un déménagement ou toute autre épreuve pouvaient mettre à mal un équilibre que l'on voudrait pourtant indétrônable. Malgré tout, je lui restais reconnaissant d'avoir enchanté les nuits de mes premières années. Et de ce côté-là, il avait parfaitement rempli son rôle.

Au fond, il n'avait peut-être pas vocation à aller au-delà. Comme son nom l'indique n'était-il pas présent uniquement pour attraper des rêves qui ne faisaient que passer ? Mon erreur c'était d'avoir voulu les retenir au nom de ces quelques plumes, jouant les accroche-cœurs devant les rayons du soleil.

Néanmoins, même réduits à de simples passagers passant entre les mailles de deux petits filets, les songes se sont fait plus rares. C'était comme si dorénavant, ils refusaient de se poser dans cette maison baignant essentiellement dans la mésentente et le malheur.

Aussi les soirs, en attendant que le silence revienne dans la chambre parentale, je suis devenu moins ambitieux.

J'ai demandé aux bouquets de plumes survivants qu'ils chassent au moins les cauchemars tournant aussi près de moi. Mais celui qui m'a été épargné une nuit, m'est arrivé, plus cruellement encore, en pleine journée !

Car lorsque je suis rentré de l'école, le quartier était en effervescence. Devant notre maison, un camion rouge était à l'arrêt et des pompiers maintenaient mon père hurlant et se débattant. Ils l'ont allongé sur un brancard et ils l'ont forcé à l'aide de sangles, à rester dans cette position avant de pouvoir l'embarquer.

Ma mère n'avait pas eu le temps de faire le nécessaire pour que me soit caché tout ce qu'elle venait de vivre. Devant la vaisselle cassée, des chaises retournées et les vitres brisées, son visage, marqué de coups, était inondé de larmes.

Mais face au gendarme venu pour prendre sa déposition, je me suis tenu au plus près d'elle. J'ai insisté, malgré leur demande de me tenir éloigné, pour rester présent pendant leurs échanges.

Alors des mots ont été mis sur l'ambiance familiale de ces derniers temps. Je ne les ai pas tous compris, mais j'en ai retenu les abominables dégâts que le chômage pouvait causer et toute la violence que l'abus d'alcool induisait. Malgré l'état désastreux dans lequel il avait mis la maison, ma mère a répété qu'elle voulait aider son conjoint à se libérer de son addiction.

Elle fixait la photo des débuts de leur vie amoureuse qui, au sol avait échappé aux gestes violents et destructeurs d'un homme, autrefois très prévenant. Elle l'aimait encore !

Quand elle a noté les coordonnées de l'endroit où il venait d'être interné, j'ai affirmé que moi aussi, je m'y rendrais dès que les visites des proches seraient autorisées. Je crois que c'est à ce moment-là que j'ai atteint l'âge de raison ! J'ai commencé à comprendre que les cauchemars, comme les rêves, faisaient partie de notre chemin de vie. Et si j'avais tant aimé les premiers, je me sentais tout aussi prêt à affronter les seconds !

LES TROIS CLEFS

C'était un soir d'automne et la pluie, tapant à mes fenêtres, ne m'engageait guère à sortir. Depuis quelque temps, j'étais face à l'alternative d'une décision que je devais prendre pour les années à venir. Vivre avec un homme me proposant de partager sa vie, ou poursuivre mon chemin seule ?

Et ce jour-là, je m'orientais plutôt vers la deuxième option. Aussi je me suis mise à la recherche d'un nouvel appartement qui pourrait m'aider, plus qu'un nouveau compagnon, à tourner une page difficile. Et je consultais sans savoir exactement ce que je cherchais, les dernières offres immobilières.

Habituellement je me limitais aux logements correspondants à mes moyens. Mais cette fois, j'étais trop lasse pour m'arrêter au bout de la liste de ceux qui m'étaient accessibles. Sans grande conviction, j'ai donc continué à feuilleter les pages d'annonces…

Le vent plaquait sur les carreaux des rafales d'une pluie mélangée à quelques flocons de neige, brisant le silence de cette énième soirée en tête-à-tête avec moi-même seulement.

Les mots-clefs : « exclusivité », « à voir », « nouveau », « rare à la vente », barraient d'un bandeau rouge des biens aux prix de plus en plus imposants. Ils se montaient, depuis quelques dizaines d'annonces déjà, à plus du double du montant que je pouvais débourser pour une acquisition. Mais j'errais, d'offre en offre, quand soudain un grand « coup de cœur » a mis fin à ma léthargie.

Il coupait, en diagonale, la photo d'un intérieur dont le bas, occupé par le large dossier d'un canapé vert sombre, me laissait dubitative. Car ce cuir de couleur me ramenait à un passé à la fois heureux et douloureux.

Alors je me suis arrêtée sur cette image minuscule tout en cherchant désespérément des indices pouvant confirmer ou, au contraire réfuter ma première impression.

M'aidant d'une loupe, j'ai examiné tous les meubles figurant dans ce salon. Stupide réflexe ! Seul un détail des pixels sur papier glacé m'a été renvoyé, faussant plutôt la vision d'ensemble de la pièce. J'ai lu et relu le descriptif sans être davantage éclairée. En effet, la situation géographique, une habitation bourgeoise à la périphérie de la ville, était commune à quelques dizaines d'entre elles.

La cuisine américaine, les pièces en demi-niveau avec salles de bains individuelles, la cheminée, révélaient un confort existant dans la plupart des villas excentrées. Les stores électrifiés, les vastes baies coulissantes qui s'ouvraient sur une terrasse joliment empierrée n'étaient pas assez rares pour me renvoyer à coup sûr vers l'endroit auquel je pensais.

J'avais besoin d'être fixée au plus vite et j'ai composé fébrilement le numéro de portable aligné sous le texte. Laconiquement, un répondeur s'est contenté de répéter les chiffres sollicités… Il faut dire que la pendule marquait déjà près de vingt-deux heures !

Le sommeil a été long à venir cette nuit-là ! Le lendemain, je me suis précipitée sur le téléphone pour prendre contact, dès l'heure d'ouverture, avec l'agence des « Trois Clefs ».

Ainsi, l'idée de renoncer à vivre avec un homme dans une maison qu'il voulait acquérir pour nous dans ce secteur était, provisoirement au moins, mise en sommeil.

J'ai saisi, au contraire, le prétexte de cet éventuel projet pour en savoir davantage sur l'endroit que cachait cette banale photo d'annonce immobilière.

Au travers de ce « coup de cœur », je me retrouvais justement dans une affaire de cœur qui me faisait toujours souffrir. Car quelques années auparavant, un homme m'avait arrachée de la capitale pour m'emporter dans sa région. Et malgré le réaménagement permanent de mon logement, je ne parvenais pas à effacer les traces de son passage dans ma vie.

Il faut dire qu'après qu'il se soit évaporé ma clef en poche et sans la moindre explication, en omettant de changer la serrure de ma porte d'entrée, je la gardais toujours ouverte pour lui !

Pourtant du jour au lendemain, son téléphone était passé du statut d'abonné absent à la disparition totale peu après du numéro composé !

Son secrétariat l'annonçait systématiquement injoignable, sans aucun autre commentaire. Et j'étais bien incapable de retrouver, dans le labyrinthe des nombreux chemins hors de sa ville, ce qu'il appelait son havre de paix.

Installée dans un coin de l'agence, je scrutais sur un classeur, l'iconographie résumant les principaux caractères de la propriété à laquelle je m'intéressais.

Je ne parvenais pas à superposer les éléments, mis en valeur par les clichés sur mes souvenirs du domicile du disparu. Car le canapé de cuir vert sombre, celui qui m'avait interpellée, était trop flou pour que j'en reconnaisse le grain. La prise de vue, en restituait de façon imprécise la forme et dans le salon, il masquait une cheminée dont les détails m'échappaient.

Dans la cuisine, la brillance des faïences faussait les couleurs des motifs et sur le bar, un large bouquet faisait écran à la porte des placards.

Les murs nus des chambres, leur texture indéfinissable, les draps clairs pliés sur les lits ne me semblaient pas familiers.

Les carrelages et les vasques des salles de bain assortis, s'ils provoquaient chez moi un sentiment de « déjà vu », cela pouvait s'appliquer à plusieurs endroits que j'avais traversés.

Au bout de la mezzanine, les rideaux du bureau, dans un contre-jour gênant, avaient la couleur de l'ombre diffusée autour d'eux. Et la bibliothèque, appuyée sur le mur du fond, se laissait à peine deviner.

J'étais plongée, sans pouvoir en sortir, dans la galerie de photos d'un bien. Mais aucune ne me permettait de le lier à coup sûr au mal qui me rongeait ! Malgré tout, j'essayais de me persuader que cette propriété pouvait être celle de l'homme qui me hantait.

Le style de cet espace de vie avait peut-être été modifié. Ou ma perception de l'ambiance, marquée par les émotions qui s'y rattachaient, pouvait être différente de celle de la personne ayant braqué ses objectifs dans les pièces...

Enfin, avec le temps qui s'était écoulé depuis cette rupture, ma mémoire réécrivait peut-être l'histoire à sa façon en estompant certaines images pour en inventer d'autres.

Perdue dans mes pensées j'étais à mille lieux des arguments vendeurs de l'agent immobilier me faisant face de l'autre côté du bureau.

Pour la forme, j'ai fini quand même par poser les questions habituelles d'un acheteur potentiel : les travaux à prévoir, si le prix pouvait être négocié et enfin les raisons de la vente...

Et des réponses formulées, je n'ai retenu que celle susceptible de me donner la certitude de n'avoir jamais franchi le seuil de cette maison. En effet, le couple ayant acheté ce bel ensemble immobilier une trentaine d'années auparavant devait s'en séparer suite à un problème de santé.

Or c'était la propriété d'un homme divorcé et vivant seul que je recherchais !

Cependant, mettre un point final à cette entrevue, sans aller plus loin dans cette première approche, me fut impossible. Avec l'objectif de savoir ce qui se cachait derrière cette annonce, j'étais prise dans l'engrenage de mon discours de départ, bien trop convaincant.

L'opiniâtreté de mon interlocuteur était telle que je ne pouvais pas partir sans convoquer, devant lui, l'ami candidat à une telle acquisition.

Cette invitation un peu forcée allait de toute façon dans le sens de la détermination de celui-ci à le faire le plus tôt possible et après tout, l'offre pouvait correspondre à ce qu'il recherchait.

En tous cas, lors de nos retrouvailles en fin de semaine, je ne lui ai rien caché du but initial de ma démarche. Et au-delà de ce que cette annonce avait pu réveiller en moi, le descriptif et les différentes prises de vues qu'il a visualisées l'ont séduit. Il m'a donc demandé de l'accompagner pour une première visite de cette maison.

Un soleil pâle dégageait, petit à petit, un voile de brouillard enroulé autour de la montagne. Et nous avons contemplé ensemble le paysage s'affichant, petit à petit, pendant notre montée vers cette zone paisible située en retrait de la ville.

Le parcours, à moins d'être très attentif, n'était pas simple à mémoriser. L'agent immobilier s'est lui même égaré deux fois avant de s'arrêter auprès d'une petite voiture blanche au pare-brise marqué d'un serpent rouge.

Là, une femme seule nous attendait. Nous avons traversé derrière elle les espaces verts encore colorés par les dernières roses de la saison.

Puis elle nous a précédé dans un vaste séjour, élégamment décoré, relevant d'un seul déclic les stores pour dévoiler le magnifique panorama à l'extérieur.

À l'intérieur, elle a longuement insisté sur le coin cuisine, astucieusement agencé. Puis nous sommes partis en direction des chambres.

Elle a fait l'impasse sur la première, au rez-de-chaussée, nous promettant d'y revenir quand la pièce serait libre. Dans les suivantes, elle a ouvert en grand les fenêtres, laissant la lumière nous confirmer le parfait état des boiseries, des sols et de tous les revêtements muraux.

Le bureau, le garage double, la cave, l'atelier, le potager, les espaces verts : elle s'attardait sur chacune des parties de la propriété. Fièrement, elle en vantait le confort, l'originalité de l'architecture, ainsi que l'emplacement de « sa » villa, comme si son mari était inexistant ou n'était plus là déjà.

À un moment donné, la portière de la voiture blanche a claqué, comme un signal pour mettre un terme à ce long passage en revue. Nous avons alors été guidés vers la chambre contournée au départ.

Malgré la fenêtre ouverte, des odeurs médicamenteuses imprégnaient désagréablement les lieux, visiblement remis en ordre à la hâte. Le plaid mal ajusté sur un lit médicalisé et une pile d'ordonnances, aux côtés de plusieurs tubes de pommades à demi écrasés, laissaient deviner qu'une personne malade venait d'être soignée là.

Les réminiscences du passé étaient déjà devenues des souvenirs précis pour moi lors de notre arrivée, dès la vue des premiers rosiers. Ceux-là même dont, autrefois, étaient issus de magnifiques bouquets composés pour moi !

Je n'étais plus tout à fait convaincue de la nécessité de me présenter, sans y avoir été invitée, devant un être s'étant éclipsé du jour au lendemain, sans la moindre explication. Mais je me suis forcée à aller jusqu'au bout de ma démarche en laissant l'agent immobilier et mon ami terminer la visite de la dernière chambre sans moi.

J'ai dévalé brusquement les escaliers, en direction du séjour. Je n'avais pas été capable de retrouver seule l'adresse de cette maison mais je connaissais absolument tout de son intérieur.

Et je n'ai pas eu à le chercher longtemps… Car c'était bien lui qui était là, comme posé par l'infirmière dans le canapé de cuir vert. Mais devant moi c'était un autre, amaigri, diminué et pratiquement méconnaissable qui avait pris sa place. Un étrange cocktail de sentiments mêlant la pitié, la colère et le chagrin m'empêchait de lui dire un seul mot.

Nous sommes restés quelques secondes à nous faire face. Je ne parvenais pas à mettre de la haine ou tout simplement un peu de mépris dans mon regard. Dans le sien, il y avait des larmes et des quelques sons émis, j'ai seulement compris qu'il était devenu aphasique. Lentement, il a tendu sa main gauche vers moi, il n'avait plus l'usage de la droite… Ayant comme un réflexe de dégoût, j'ai refusé de le toucher !

Sa femme est arrivée très rapidement avec un air très contrarié ! Apparemment elle n'avait pas du tout prévu de nous faire repasser par là. Néanmoins, elle nous l'a présenté un peu comme s'il n'était qu'un détail infime dans son environnement :

- Mon mari... Il a été victime d'un accident vasculaire cet été !

J'ai fait d'emblée le calcul que celui-ci était survenu deux années après que cet homme, dont j'avais été très amoureuse, soit parti. Et cela de la façon la plus ignoble que l'on puisse imaginer.

Son épouse a réorienté aussitôt son discours sur les essences d'arbres choisies pour le parc entourant la maison, mais je suis partie sans écouter la suite...

Dans les mois qui ont suivi, je n'ai pas eu le courage d'être présente pour les autres visites précédant l'achat de cette demeure qu'un homme, venu d'ailleurs, a choisie pour que nous y vivions ensemble.

C'est seulement à l'automne suivant que nous nous y sommes installés. En effet, nous avons dû attendre que les murs se soient enfin vidés de l'histoire de ce couple, qui partait avec un bout de la mienne !

Le soir de notre arrivée, la neige s'est mise à tomber abondamment. Un feu de bois dont les branches était très soigneusement empilées par ordre de grosseur nous attendait. Il ne restait que l'allumette à glisser dessous pour que l'ensemble s'enflamme. J'ai reconnu cette façon unique de préparer le nécessaire pour réchauffer cette vaste pièce…

A côté de la vitre de l'insert, était posée une enveloppe marquée de deux mots maladroitement tracés : mon prénom et pardon ! A l'intérieur, il y avait le double d'une clef d'un chez moi que je venais de quitter. Je l'ai récupérée afin de la remettre prochainement à celle qui me succédait dans ce logement où j'avais versé tant de larmes.

Dans cette enveloppe, se trouvait également mon portrait, heureux, aux côtés de celui de l'ancien propriétaire de cette maison. Mais ce cliché je n'avais aucune raison de le garder !

Avec mon ami, nous avons regardé cette dernière trace d'un bonheur ancien et mensonger, se contorsionner entre les flammes avant de s'envoler en fumée.

Maintenant, ma page s'est tournée, enfin presque… Des trois clefs manquant à mon bonheur j'en ai retrouvé deux déjà.

Celle du mystère du départ subit d'un homme aimé et celle d'un appartement où je vivais dans l'attente improbable de son retour.

La troisième, celle de mon cœur, si naïvement confiée à un personnage très loin de la mériter, je ne l'ai pas encore tout à fait récupérée.

Jetée comme un objet compromettant devant les enjeux financiers d'un contrat de mariage, elle s'est égarée quelque part sur un chemin qui s'inscrivait sur un bout de montagne.

Et tout en parcourant chaque soir cette route vers ce qui est à présent mon nouveau domicile, mon regard la cherche assidûment.

Je sais que je ne vais plus tarder à la retrouver. Alors avec elle, me sera enfin restituée l'intégralité de ma capacité d'aimer l'homme sincère qui m'accompagne dans la vie à présent.

LE MONDE EN MARCHE

Pendant les premières années scolaires de mon fils, j'ai fait le choix de laisser ma voiture au garage pour effectuer tous nos trajets entre la maison et l'école.

Évitant ainsi d'être distraite par les paroles d'un autoradio, je voulais rester disponible pour écouter les siennes face à notre environnement. Et puis surtout j'aspirais à refaire avec lui le monde, celui qui avait enchanté ma propre enfance.

Quelle que soit la saison, nous marchions tous les deux sur le chemin des écoliers, celui qui nous proposait tant de choses à découvrir !

Dès la rentrée, l'automne s'annonçait discrètement déjà autour des arbres.

De premières feuilles, en perte de verdure, se posaient à la base des troncs.

Un peu plus tard, frileusement incurvées, d'autres arrivaient en superposant leurs différents tons chauds en lignes serrées sur le bord de la route.

Suivait la morte saison nous soufflant ses histoires hivernales enfouies dans les brouillards denses.

Au matin, après le retrait du croissant de lune d'une nuit claire, nous admirions les minuscules étoiles blanches posées au bord notre chemin. Elles brillaient largement saupoudrées sur l'herbe sèche des prairies. Ou alors elles se laissaient voir sur quelques feuillages gardés, à bout de branches, dans les vergers.

Au printemps, l'air doux appelait enfin les fleurs à sortir de leur léthargie. Leurs modestes boutons prenaient, jour après jour, l'ampleur nécessaire à leur éclosion.

Enfin lorsqu'au plus près de l'été le temps des vacances s'annonçait, leurs pétales se recouvraient des toiles fragiles que tissaient les araignées.

Alors en même temps que l'arrivée des rayons chauds du soleil, nous pouvions contempler de magnifiques dentelles, au moment même où elles se délestaient de leurs lourdes perles de rosée.

Toutefois, il arrivait que sur ce beau chemin de vie, le manège enchanté s'arrête de tourner. Quand au sol, un oiseau s'était posé à jamais, il y avait dans les yeux de mon gamin le ramassant, l'espoir de le faire bouger de nouveau…

Puis suivait la tristesse face à un inéluctable constat. Et devant son désarroi il me fallait bien avouer l'existence de la mort comme celle ayant frappé celui dont les ailes agiles ne se déploieraient plus jamais dans le ciel…

Arrivait alors le moment d'expliquer que si cet oiseau n'était plus c'est parce qu'il avait été un être vivant et que nous n'y pouvions rien : telle est notre destinée à tous !

En ce jour du tout début d'une nouvelle année scolaire, je suis passée directement de la sortie de mon travail à celle de l'école et j'ignore tout des dernières actualités.

Dès notre arrivée à la maison, j'ouvre la porte-fenêtre de la pièce de vie donnant sur la terrasse.

Le soleil, encore doux, réchauffe un chat du voisinage, étalant paresseusement sa fourrure sur les pavés. La lumière rasante dénonce clairement la poussière accumulée sur les meubles. Au sol, les peluches, les véhicules miniatures ou les cubes multicolores m'obligent à regarder l'endroit où je mets les pieds.

Mais en ce deuxième jour de la semaine, le lendemain laissant prévoir de nouvelles semailles de jouets me lancer dans une opération « grand ménage » me semble vain.

D'ailleurs le bourdonnement d'un insecte s'aventurant entre nos murs et le crissement de pièces de jeu se posant sur le carrelage sont plus apaisants que le ronronnement agaçant d'un aspirateur !

Par les fenêtres ouvertes, au travers de quelques uns de nos bruits familiers, la vie extérieure se laisse deviner… Les cris de la voisine houspillant sa fille et un peu plus loin, les signes de souffrance d'un tracteur peinant sur un chemin de terre nous accompagnent.

C'est un beau moment de quiétude, un peu hors du temps que je devrais prendre le temps d'apprécier. Mais je l'interromps stupidement en donnant la parole à la télévision…

Et là, stupéfaite, je vois soudain tant de poussière à l'écran que même à des milliers de kilomètres de là, j'ai l'impression de la respirer !

Des immeubles effondrés, des avions explosant, les sirènes, les blessés, les morts, un homme courant hagard, en serrant son bébé dans les bras. Des images terribles défilent devant nos yeux.

Mon fils arrête net son babillage ! Une brique colorée dans chaque main, il laisse en suspens la construction de son bateau…

Dans ce regard, tout prêt à cueillir la vie éparpillée sur son chemin d'écolier, je devine la même désespérance que devant l'oiseau mort. Comment justifier une telle actualité ?

Faut-il que j'admette devant lui que la férocité des hommes

perdure quelle que soit l'époque et que dans ce cas, comme dans celui de l'oiseau ayant cessé de vivre, c'est une fatalité contre laquelle nul ne peut rien faire ?

Or je me tais, incapable de trouver les mots adaptés à ce qu'il faut en dire à un enfant. Pourtant ce monde-là est à la fois si loin et tellement proche de nous ! Finalement d'un clic, j'invite la télévision à se taire, puis mon fils à venir prendre son goûter dans la cuisine.

Alors en entrant dans la pièce, il s'arrête devant le calendrier. Dégageant le feuillet de papier fin de la veille, il lit la date du jour et il la recopie, comme la maîtresse l'a demandé depuis la rentrée aux enfants de sa classe.

Il s'applique et je vois alors sur l'ardoise, une écriture maladroite faire apparaître petit à petit une certaine date, celle du 11 septembre 2001 !

CHAT PERCHÉ

Un brouillard épais masquait les arbres de notre parc quand Paul est sorti péniblement du taxi le déposant devant l'entrée du logement-foyer.

L'établissement de santé dont il sortait m'avait prévenue que celui qui se présenterait était dépressif depuis qu'il avait vu sa famille exploser, un peu plus de deux ans auparavant.

À l'issue de désaccords d'origine financière, ses deux fils, adultes et mariés, refusaient tout contact avec lui, comme d'ailleurs avec leur mère. Les tensions s'étaient répercutées sur le couple qui, après plus d'une quarantaine d'années de mariage, avait divorcé et vendu la maison familiale. Et dans un premier temps, comme son ex-femme Paul s'était donc installé seul en appartement.

De sérieux problèmes de santé s'étaient ajoutés à sa solitude et il avait été longuement hospitalisé.

Quelques semaines après une sortie prématurée, due à la nécessité de faire de la place, son état psychique restait très encore préoccupant. Aussi l'orientation vers une structure légèrement aidante semblait la moins mauvaise solution pour ce patient. Et il se trouvait que dans la nôtre, un appartement était libre.

Essayant de rendre le plus chaleureux possible l'accueil de cet entrant en difficulté, je l'ai accompagné jusqu'à son nouveau domicile. Il marchait à pas ralentis, mais malgré l'état de fatigue extrême qu'il me renvoyait, il a refusé que je le soulage de ses bagages !

Après avoir traversé le couloir, en attente de remplacement d'une ampoule ce jour-là, il a posé ses sacs devant la porte que je lui ai indiquée. Et à ce moment-là j'ai cru voir, au ras de la fermeture éclair à demi-fermée de l'un d'eux briller les deux yeux d'un animal…

C'est probablement la raison pour laquelle le nouvel arrivant a décliné ma seconde offre, celle d'une d'aide à son installation. Car il s'est opposé très fermement à ce que j'entre, s'affirmant comme assez grand pour trouver seul les toilettes, la douche et le bouton de relevage des volets.

Et il est vrai que sa stature affichait clairement quelques dizaines de centimètres de plus que la mienne ! Pour le reste il était encore en capacité, m'a-t'il-dit, d'utiliser un four micro-ondes, une plaque de cuisson et de ranger des pulls dans un placard !

Après cette froide entrée en matière, je lui ai rappelé qu'en cas de besoin, je restais à sa disposition au rez-de chaussée. Puis ayant fort à faire par ailleurs, j'ai dévalé les escaliers en direction de mon bureau.

À ce moment-là j'ai réalisé que, pour la première fois depuis ma nomination sur mon poste de responsable, je venais de faire une impasse sur le règlement en cautionnant l'introduction d'un « indésirable » !

Face à cet homme, manifestement en souffrance, j'avais manqué du courage nécessaire pour lui interdire de mettre dans nos murs cet animal de compagnie, un être sur lequel il reportait sans doute toute son affection.

J'ai donc différé le rétablissement de l'ordre à maintenir. Je me suis donné le temps de réfléchir sur la façon dont j'allais obliger ce nouveau locataire à se séparer de celui qu'il avait si maladroitement camouflé parmi ses effets personnels.

Mais les jours suivants, l'état inquiétant du maître est passé largement avant mon devoir d'organiser l'expulsion de l'intrus. Paul se traînait lamentablement jusqu'au réfectoire, arrivant toujours à l'heure. Peut-être voulait-il ainsi éviter que des agents s'introduisent chez lui…

En effet dans notre établissement, à l'heure du déjeuner, le personnel passait systématiquement relancer les retardataires. À table, il restait sans appétit et il se levait le plus tôt possible, en laissant son assiette quasiment pleine.

Son attitude me préoccupait et un jour, tandis qu'il s'éloignait en premier de la salle à manger, je l'ai arrêté pour prendre de ses nouvelles.

Il m'a alors avoué son besoin d'une auxiliaire de vie, pour quelques heures par mois seulement, m'a-t-il dit. Et sa demande reposait sur un seul critère : une discrétion absolue de la personne à recruter.

En gros, elle serait chargée de faire ses courses puis, le cas échéant, d'effectuer quelques tâches qu'il n'aurait pas pu assurer.

C'est donc dans un coin de notre salle d'accueil que je lui ai présenté Isabelle, une femme tout à fait dotée des qualités requises.

Et c'est ainsi, qu'elle est devenue la seule autorisée à passer une porte que ce résident maintenait, depuis son entrée, fermée à tous… La gentillesse et la finesse d'esprit de la jeune femme ont levé le rideau de méfiance dont il s'entourait. Mais au bout de quelques passages par son studio, celle-ci m'a interpelée…

Paul mangeait aussi peu seul entre ses murs qu'accompagné dans la salle à manger du foyer. Ses placards et son frigidaire se vidaient anormalement lentement.

Puis un peu gênée de le trahir, elle a ajouté qu'en établissant la liste de ses courses, il n'avait qu'une seule motivation…

Le chat présent sur son lit, annoncé lors de ses précédentes visites comme un visiteur occasionnel, était en réalité le sien depuis cinq ans. Et cachés dans un coin du balcon, les deux paquets de croquettes et de litière arrivaient à leur plus bas niveau.

Cet aveu n'était qu'une confirmation de ce que je savais déjà. Le nouveau venu avait dissimulé, mal d'ailleurs, son animal de compagnie.

Or il se trouvait à présent dans une alternative douloureuse : il lui fallait laisser le clandestin sur sa faim ou accepter, en officialisant sa présence, de le voir partir ailleurs !

Je devinais, derrière le discours d'Isabelle, la même demande de clémence que celle espérée par son protégé.

De mon côté je savais que je risquais gros. Au moindre contrôle de représentants des organismes officiels nous supervisant, cette entorse au règlement serait mise à jour.

Mais j'ai pensé : « Après tout, quand le chat n'est pas là... » Enfin pas celui du sac mais l'autre, celui dont je dépendais, donc mon employeur !

En me mettant ainsi hors la loi, je prenais le risque d'être lourdement sanctionnée. Cependant, j'étais convaincue que le lien unique qu'avait Paul avec la vie, tenait à un seul fil, celui de son attachement à un animal, interdit dans le lieu où il se trouvait.

Et en le privant de ce qui lui restait de plus cher, j'étais bien consciente que c'est un coup de grâce que je lui donnerais. Alors, d'un commun accord entre Isabelle et moi, le feu vert a été accordé à Paul pour qu'il garde le matou.

Officieusement, ce compagnon clandestin pouvait passer ainsi d'un statut d'indésirable à celui d'aidant. Et cela en toute discrétion vis-à-vis des autres résidents, susceptibles d'être révoltés devant cette exceptionnelle faveur.

Isabelle a vu une première lueur de contentement passer sur le visage de Paul quand elle a fixé une bande de toile sur la barrière de son balcon. Elle était destinée à abriter des regards deux gros sacs. L'un plein de litière et l'autre de croquettes.

Et puis cela permettait au consommateur des contenus de s'aventurer au-delà de la baie vitrée de la pièce à vivre dans laquelle il était consigné depuis son arrivée.

À partir de ce moment-là, son maître s'est invité pour les courses au supermarché. Il tenait à choisir, parmi les offres de pâtées pour chat, les meilleures.

Ces achats l'ont d'abord poussé à sortir de nouveau, au moins une fois par semaine au départ puis davantage par la suite.

J'avais donc bien deviné que l'équilibre fragile du dernier arrivé reposait sur les quatre petites pattes dissimulées par la large étoffe du balcon. La chaleur d'une telle présence restait le seul moteur de l'existence de Paul.

D'ailleurs un jour il l'a confié clairement à Isabelle… A plusieurs reprises, à l'heure où il était encore couché, il se demandait comment il trouverait assez de courage pour vivre jusqu'au soir une douce patte rousse se posait autour de son cou.

Puis quelques kilos d'un corps au poil doux et flamboyant ronronnaient contre sa poitrine. Alors l'idée de mourir en abandonnant cet incroyable ami s'éloignait de son esprit !

À l'intérieur, Rousseau n'était que bienveillance auprès de Paul, mais cela ne l'empêchait pas de lorgner vers la vie extérieure… Il lui arrivait de passer au-dessus de la cloison improvisée par Isabelle, regardant les massifs de verdure colorés en bas.

Trop peureux pour sauter dedans, il s'installait sur le bois d'un renfort, à l'angle du balcon. Étendu au soleil, il dormait d'un œil, marquant le passage du moindre volatile d'un claquement de mâchoires.

Inévitablement, au printemps, les promeneurs plus présents dans le parc, m'ont souvent signalé la présence de ce beau roux, jouant à chat perché au coin du balcon de Paul !

Face à eux, j'ai évoqué la probable agilité de l'un de ceux du quartier pour expliquer cette intrusion jusqu'au premier étage. J'ai rassuré les « lanceurs d'alerte » en affirmant que j'allais intervenir avec bien entendu, aucune intention de le faire.

Au contraire, avec Isabelle, nous avons œuvré pour cacher davantage la présence de Rousseau dans cet appartement.

Prétextant les grosses chaleurs à venir pour l'été, nous avons fixé sur le balcon un parasol géant qui, restant grand ouvert en permanence, masquait l'endroit d'où l'animal était visible de l'extérieur…

Je gérais donc au coup par coup cette situation tout en redoutant d'être, à un moment ou à un autre, prise en faute.

Car de nouvelles difficultés se sont annoncées suite à l'appel téléphonique d'une assistante sociale proposant, pour notre dernier logement vacant, l'entrée d'une femme. C'était la même professionnelle qui, quelques mois auparavant, avait orienté Paul vers notre établissement.

Elle m'a résumé le dossier de Rita, vivant une situation proche. Sortant, elle aussi d'une hospitalisation, elle ne se sentait plus en capacité d'assumer seule son quotidien. Et la liste d'attente pour une place en foyer dans son lieu de résidence, plus citadin, était trop longue. Elle acceptait de s'expatrier et de s'installer ici.

Mon seul problème, c'est qu'elle était l'ex-conjointe de Paul ! J'avais donc quelques raisons de craindre que leurs différends ressurgissent au sein de notre logement-foyer.

Cependant ma seconde option, c'était d'espérer que l'un comme l'autre, ils sauraient l'éviter…

Elle était la seule candidate à une entrée à ce moment-là de toute façon. Aussi avec l'injonction de ma hiérarchie de faire en sorte que nos hébergements ne restent jamais vides j'ai pris, en plus du félin clandestin, le risque d'intégrer Rita.

Cet hasard était quand même un peu fou ! Il allait forcer deux personnes qui s'étaient déchirées à revivre, séparées par quelques portes seulement. Je « marchais sur des œufs » !

Et par précaution j'ai averti Paul bien sûr que son ex-femme allait nous rejoindre bientôt. Haussant les épaules, il m'a répondu qu'elle était bien libre d'habiter où elle voulait, et même au diable si telle était son envie !

Au départ, ils ont pris tous deux le pli de s'ignorer en se tenant éloignés l'un de l'autre. Autour des tables du réfectoire, leurs diverses manœuvres d'évitement provoquaient, avec les déplacements demandés aux personnes attablées, une espèce de jeu de chaises musicales.

Sauf qu'à défaut de musique, il n'y avait là que le bruit des sièges crissant sur le parquet.

L'indifférence que chacun des deux affichait n'était en réalité qu'apparente. Parfois, je surprenais le regard de Paul qui s'orientait vers le ficus situé derrière la vitre du séjour de Rita. Et au cours de nos échanges, celle-ci tentait d'en savoir toujours un peu plus sur son ex-mari, notamment avec une question récurrente :

- Comment Paul avait-il fait pour finir par se séparer de Rousseau, ce chat auquel il tenait tant ?

À chaque fois je restais évasive, évitant habilement de me laisser entraîner sur un terrain aussi miné.

Mais finalement cette réponse à laquelle elle aspirait, c'est le vent qui le lui a soufflée. Cela au moment où elle traversait le parc alors qu'il se manifestait fortement pour nous annoncer un orage imminent. Aussi de toutes ses forces, il a précipité sur la pelouse, le parasol géant de Paul.

Alors elle n'en croyait pas ses yeux lorsqu'à l'angle du balcon mis à nu, elle a pu reconnaître Rousseau ! Dérangé dans son sommeil, il s'étirait longuement à la vue de tous.

Heureusement, elle seule a pu l'apercevoir à ce moment précis. Elle s'est donc empressée de glisser sous la porte de Paul, un petit mot pour l'en avertir, avant que des voisins s'insurgent et le dénoncent. Le chat a donc été vite rapatrié à l'intérieur du studio. Ensuite j'ai remis sur pied sa cachette et en un temps record !

Reconnaissant, Paul à déposé dans la boîte aux lettres de Rita, un mot de remerciement avec une invitation à venir prendre un café chez lui, quand elle le voudrait, au premier étage.

De là aux premiers pas de danse qu'ils ont refaits ensemble lors de l'une des animations du foyer qui a suivi, il s'est écoulé peu de temps.

Soulagée, j'ai définitivement abandonné tout projet d'envoyer Rousseau hors de ce lieu d'hébergement. Dans un premier temps, il avait aidé Paul à survivre. Indirectement, il avait ensuite favorisé sa réconciliation avec Rita…

À la suite de quoi j'ai vu clairement l'envie de revivre se réinscrire dans la suite de l'histoire de cet homme déprimé.

Il me restait à compter sur la chance afin qu'aucun contrôle des instances supérieures ne révèle ma transgression. Car j'ai vu un nouveau tournant s'amorcer dans la vie de Paul…

Et fort heureusement pour moi, aucune inspection ne fut programmée avant la fin heureuse de son histoire !

Un jour d'hiver, chargé comme le jour de son arrivée, de quelques sacs dont l'un contenait, toujours aussi mal planqué, le chat interdit de séjour, Paul a quitté le logement-foyer.

Il était en partance pour une réinstallation dans son appartement en ville. Et il avait besoin de quelques jours pour se préparer à y accueillir Rita qui nous a quittés, elle aussi, pour aller rejoindre peu après ses chers inséparables.

LA BOÎTE À LIVRES

Ce jour là, effectuant dans mon quartier un temps de marche prescrit par mon kinésithérapeute, j'ai fait la pause de rigueur devant une boîte à livres. Car au bout de l'impasse d'une rue, cette modeste maison au toit pointu invitait les habitants à partager leurs lectures.

Et lorsque, pour la première fois, j'ai ouvert la porte vitrée qui protégeait le dépôt d'une vingtaine d'ouvrages, c'est d'abord un parfum qui m'a interpelé.

En se dégageant de l'un d'eux, il imprégnait tout l'intérieur de ce modeste abri. Alors le souvenir lointain d'un atelier du goût m'est revenu en mémoire. Les yeux fermés, comme dans le centre de vacances fréquenté lors de mon enfance, j'ai tenté de retrouver le titre qui en était le porteur.

Évanescence… Quelques lettres, serrées sobrement sur une couverture beige, c'était comme une évidence !

L'ensemble m'a renvoyé une légèreté dans laquelle j'ai ressenti soudain un besoin fou de me plonger. J'ai calé le livre sous mon bras, juste au-dessus de la canne qui m'aidait à marcher, emportant avec moi, comme un morceau de rêve…

L'exercice du jour en a été un peu bâclé, au profit de ce roman que j'ai lu d'une seule traite. Pourtant le thème, les difficultés d'une famille touchée par la perte de certains de ses membres pendant la deuxième guerre mondiale, n'était pas le mieux traité sur cet inépuisable sujet.

Cependant des annotations renforçaient l'intérêt que j'ai porté au contenu. Inscrites en marge, elle m'ont donné envie d'en connaître l'auteure. Car j'avais au moins une certitude : ces pages avaient été initialement parcourues par une femme !

En effet, dans son tracé à la fois concis et élégant, l'écriture marquait quelques points d'hésitation, un peu comme une coquetterie. Aussitôt, dans mon imaginaire, je l'ai aussitôt assortie à l'odeur imprégnant si agréablement le papier.

Dans la rédaction des commentaires, comme pour le choix des mots qu'un trait de crayon soulignait, j'avais l'impression de deviner les préoccupations essentielles de la lectrice.

Le vocabulaire qu'elle utilisait me laissait supposer une vie d'esseulée. Car dans ses observations étaient mises en avant des notions de perte, d'abandon, de manque ou d'attente. Enfin la solitude était toujours marquée de façon appuyée.

Peut-être que cette femme vivait seule ou peut-être pas ! En tous cas, à ce moment précis de mes questionnements, j'avais bien des raisons de me trouver en pleine projection.

J'ai retardé le moment de remettre ce roman en place dans la boîte à livres. Des effluves de ce parfum qui m'enivrait tant persistait à s'exhaler de ses pages et je ne voulais pas laisser place à la moindre confusion.

Il me fallait tenter de retrouver, de la même façon que le premier, un livre suivant venant de la même donatrice, que j'espérais finir par rencontrer...

Chaque jour, matin et soir, j'explorais le contenu de cette mini-bibliothèque avec en tête, une des annotations figurant en marge d'un paragraphe d'Évanescence : « L'attente d'un être que l'on est pas sûr de revoir un jour ». Pourtant, en ce qui me concernait je n'avais jamais rencontré la personne attendue, mais je ressentais vraiment un manque identique...

Aussi, lors de mes passages je tentais, dans un premier temps, de repérer derrière la vitre un titre susceptible de provenir de ma lectrice inconnue. Puis après ce coup d'œil rapide j'ouvrais la porte et la plupart du temps, seules me parvenaient des odeurs de papier neuf, vieilli ou de tabac froid…

Il m'a donc fallu être patient pour que quelques mots, sur la tranche d'un livre, me donne un nouvel espoir. « Secrets de famille : une guerre pour retrouver les siens » était enfin exposé sur l'un des rayonnages. Et je l'ai retrouvé, là aussi, grâce à cette senteur unique qui m'avait séduit au départ !

Dans ce court essai, il y avait davantage de commentaires et de nombreux mots étaient mis en évidence. Au-delà du texte, je me suis interrogé sur tout ce qu'il avait pu susciter chez la lectrice.

Mais l'exercice n'a pas vraiment enrichi mes informations de départ. Néanmoins, la partie arrière de la couverture avait retenu, sur son carton glacé, un ticket de caisse. J'ai pensé qu'il y avait de fortes chances pour qu'il appartienne à ma mystérieuse dépositaire !

Le jour, un mercredi ainsi que l'heure indiquée sur le reçu, juste avant l'heure de fermeture de la supérette du quartier, laissaient supposer une sortie tardive du travail, ou peut-être une activité lui succédant.

Quant à la liste des achats : un plat végétarien, des sachets de thé, un citron, une boîte de pâtée pour chat et des pommes, elle révélait les besoins d'une personne sobre et vivant seule !

Alors, à partir de cette deuxième trouvaille, peu avant que son rideau tombe, je passais par ce commerce. Le mercredi, plus que les autres jours encore, je scrutais les allées du magasin, tentant de repérer, parmi les personnes bâclant leurs courses du jour, celle qui hantait mon imagination.

Sur les rayonnages, je prenais, pour m'en approcher, les mêmes marchandises que l'une des jeunes clientes susceptible d'être la porteuse du parfum que j'aimais. J'en découvrais d'autres, très agréables aussi, mais celui que je recherchais n'émanait d'aucune d'elles…

Pour l'homme pressé que j'étais, avant un accident de moto dont les suites me ralentissaient, ces temps longs vers un but sans résultats vraiment tangibles me donnaient une leçon de vie inattendue.

Car les signes infimes sur lesquels je me concentrais avaient un grand mérite, celui de m'enseigner la patience ! J'avais une envie croissante de connaître l'invisible lectrice des livres qui sentaient si bon. Mais je devais me résoudre à la découvrir selon le seul rythme de ses lectures, par petites touches...

Ainsi, elle était à mille lieux de toutes les femmes que j'avais rencontrées ces dernières années. À portée d'un seul clic, celles-ci m'étaient accessibles aussi vite que la fin de nos relations qui se terminaient alors qu'elles venaient à peine de commencer et parfois même avant !

Un matin, très tôt, j'ai pensé qu'au pied de la boîte à livres, les traces dessinées sur le trottoir étaient celles de la femme que je recherchais. Car un troisième livre retrouvé comme les précédents grâce à mon odorat, était en place depuis peu.

Le sol était légèrement enneigé et d'uniques marques de chaussures d'une pointure modeste allaient, puis repartaient de mon point de passage quotidien. Je les ai suivies sur quelques dizaines de mètres. Puis elles se sont perdues devant le carrefour le plus proche.

Malgré ma hâte de retrouver les lectures favorites de mon inconnue, j'ai exploré les entrées de chacune des rues issues de ce nœud. Sur les quelques traces de crampons encore visibles, aucune n'affichait les lignes brisées de celles que je voulais revoir. Puis, l'heure tournant, les obligations de chacun ont brouillé les pistes de leurs multiples empreintes…

Dans le livre du jour, « Mes plus belles années », il était question d'une maison familiale dans laquelle les personnages, devenus adultes, se retrouvaient autour de la cheminée à Noël et l'été, à l'ombre des arbres du verger.

Un thème classique dans lequel quelques simples soulignages laissaient à penser qu'au sein des récits de cueillettes de fruits en famille ou de baignades dans la rivière proche, la lectrice se retrouvait. D'ailleurs un billet de train, avec un tarif week-end utilisé très récemment renvoyait à un coin reculé de la Bourgogne.

Probablement utilisé comme marque-page lors d'une lecture de voyage, il restait plaqué sur le mot de la fin de la dernière page. Alors ce nouvel indice m'a semblé être l'élément clef de cet espèce de jeu de piste dans lequel je m'étais embarqué.

Aussi, arrivé au terme de ma phase de marche avec l'aide d'une canne, je suis parti, le week-end suivant, pour le bourg indiqué sur le billet.

C'est ainsi qu'un train poussif m'a déposé, le samedi en fin de matinée, sur le quai d'une gare délaissée et en apparente voie de disparition ! Un couple seulement attendait un jeune homme, étudiant peut-être et vite embarqué vers leur voiture.

J'ai d'abord déposé mon bagage en face, à l'Hôtel de la Gare.

La maison gardait encore quelques traces d'un passé glorieux mais les clients étaient rares. Cependant, l'accueil y était aussi chaleureux que l'insert réchauffant la salle à manger.

Je me suis attardé avec le patron, intarissable sur les richesses de sa ville qu'il m'incitait, cartes à l'appui, à découvrir. Et j'avais pratiquement deux journées devant moi pour le faire, au rythme de mon genou encore fragile avec, en tête, l'espoir de croiser celle à laquelle je pensais tant.

Mais en cette période de fin d'hiver, les rues n'étaient pas très fréquentées. Le dimanche matin, seul le son des cloches a pu attirer des paroissiens, plutôt âgés, aux abords de l'Église.

Au terme de ce premier week-end sur place, si mon vœu initial n'était toujours pas exaucé, j'ai découvert dans les rues pavées de cette paisible bourgade de magnifiques bâtisses. Elles m'appelaient à approfondir le peu que je savais de leur histoire…

Et à partir de là, tous les samedis, guide en main, ajoutant ce troisième rituel aux deux premiers, je prenais le train pour cette destination que j'appréciais de plus en plus.

C'est au retour d'un séjour dans cette petite ville en train de s'éteindre que, sur le parking de la gare de mon lieu de résidence, j'ai pris place dans un car urbain à destination de mon quartier.

Or derrière la vitre j'ai vu une retardataire arriver en courant… Heureusement pour elle et pour moi d'ailleurs, le chauffeur pourtant prêt à démarrer, l'a attendue. Car après avoir atteint de justesse le bus, essoufflée, elle a retiré son manteau.

Puis le jetant sur un siège voisin du mien, elle est allée valider son titre de transport avant de s'asseoir à côté de moi.

C'est alors que cette odeur qui m'obsédait depuis des mois m'a envahi. Après tant de jours d'attente et sans aucun détour, je lui ai demandé le nom de son parfum.

Elle a éclaté de rire car elle n'en savait rien en réalité puisqu'il provenait du manteau qu'elle portait ce jour-là…

En effet, cette belle étourdie ayant oublié d'en prévoir un dans ses bagages, elle l'avait emprunté à sa mère !

Une mère pour laquelle, visiblement, elle avait suffisamment d'admiration pour m'en tracer d'emblée un portrait plutôt élogieux.

Ayant entrepris, à plus de 50 ans, des études de psychologie, elle se spécialisait sur tout ce qui avait trait aux modifications, liées aux séparations, deuils et autres pertes, dans les liens familiaux.

Régulièrement, elles se retrouvaient toutes les deux dans une maison, transmise de génération en génération et située dans la bourgade qui m'accueillait depuis peu, chaque fin de semaine.

Nous sommes descendus tous les deux au même arrêt, à côté de la boîte à livres où Marine, que je venais tout juste de rencontrer, a déposé le dernier bouquin dont sa mère souhaitait se débarrasser.

Il était aussi agréablement parfumé que le vêtement qu'elle portait ce soir-là ! Je n'en ai même pas regardé le titre puisque le voile était levé...

Ma chère lectrice inconnue venait de s'effacer pour m'offrir l'incroyable opportunité de faire connaissance avec sa fille !

Quelques mois après, j'ai cessé de faire des allées et venues vers cette petite ville cachée au fin fond de la Bourgogne que j'avais appris à apprécier. Cela tout simplement parce que je m'y suis définitivement installé avec Marine.

Nous nous sommes réfugiés dans la partie épargnée par la casse des chambres et des communs de l'Hôtel de la Gare dès que le patron nous a cédé son affaire.

Marine, architecte de profession, en dirige tous les travaux de remise aux normes. Par la suite elle supervisera ceux de la partie privée de la bâtisse.

Mais en attendant et pour l'anniversaire de notre rencontre, elle m'a réservé une jolie surprise.

Elle a fait installer une boîte à livres au cœur du bel espace fleuri entourant notre hôtel. Elle l'a décorée de couleurs gaies, assorties à celles des bancs qui l'entourent.

Les trois premiers livres qui y ont été intégrés sont ceux que j'avais gardés un moment, en souvenir du parcours délicieux nous ayant mené de l'un jusqu'à l'autre.

D'eux sont issus le récit d'une histoire d'amour que tous les deux, nous avons couchée sur le papier.

Depuis quelque temps, sortie d'une boîte à histoires de gares bien loin de nous dans tout l'hexagone, elle offre à des voyageurs, le temps d'une attente ou d'un trajet, un doux moment de rêverie…

SYNDROME DE GLISSEMENT

Dans ma mission de responsable d'une Résidence Autonomie, je côtoie des personnes encore valides. La plupart du temps, c'est l'isolement ou de premiers soucis de santé qui les amènent là où la gestion du quotidien est allégée. Cependant, pour certains d'entre eux, une fragilité existante depuis toujours les oriente vers une telle structure dès qu'ils atteignent l'âge requis.

C'est le cas pour l'un de nos résidents qui est néanmoins bien intégré. Il est originaire de ce bourg et ses petites fantaisies, connues de longue date, sont dans l'ensemble tolérées par tous.

Sa folie douce se cristallise sur le local poubelles dont il s'autoproclame le responsable. Il y passe beaucoup de temps, malgré les incitations régulières des uns ou des autres à quitter les lieux.

De ces tris occupant ses journées, une partie rejoint ce qu'il accumule chez lui. Il y a donc l'éternel recommencement d'opérations nettoyage orchestrées par ses proches et son auxiliaire de vie. Mais il reste sélectif dans ses trouvailles…

Celles qu'il n'oriente pas vers ses murs peuvent remplir sa voiture et, avant même le passage des éboueurs ils prennent le chemin de la déchetterie installés sur les sièges passagers !

Pour faciliter ses nombreuses manipulations peut-être, il a installé un jour un caddie de supermarché à côté des conteneurs collectant les déchets des résidents. Ce fut sans doute une véritable épreuve de force pour le faire voyager depuis le supermarché dans un véhicule de taille réduite et plein comme un œuf.

Et il y a lieu de se demander comment il a fait, mais en tous cas il est bien parvenu à transporter l'engin jusqu'à destination. Un matin, en passant devant le local poubelles, j'ai bien remarqué cette présence incongrue. Cependant je l'ai attribuée à une initiative de la concierge.

En effet sur le fond étaient stockés quelques modestes encombrants mis habituellement à même le sol : petit électroménager, lampes ou vaisselle...

Mais au fil des jours, se sont ajoutés divers déchets : vieux médicaments, briques de soupe, bouteilles vides, compresses périmées, vieilles chaussettes...

J'avais à ce moment-là, bien d'autres urgences en tête et j'ai fait totalement confiance au personnel d'entretien pour régler le problème prochainement. J'ai ainsi laisser les choses filer.

Ce qui a donné lieu à un sketch valant son pesant d'or !

PRÉAMBULE

Une réunion importante m'attendait en soirée. C'était ma priorité du jour car dans cette rencontre avec des élus il y avait à la clef, l'obtention d'un budget pour des activités d'animation.

Celles-ci me semblaient dispensables dans cette structure où beaucoup de résidents traînaient à longueur de journée, leur ennui dans les couloirs. Je connaissais les réticences des décideurs sur le sujet et il me fallait un dossier avec un argumentaire solide.

En fin d'après-midi, j'ai donc mis le téléphone sur répondeur pour rester concentrée sur mon objectif. Puis une calculette à la main, je repris en détail tous les chiffres pouvant justifier mes demandes nombreuses et variées.

Acte 1 -

Depuis mon bureau à un moment donné j'ai entendu un drôle de bruit, puis un appel :

- Raymond !

Depuis sa récente arrivée ce gentil résident, un peu limité intellectuellement mais physiquement très costaud, voyait ses muscles sollicités pour toute aide ponctuelle nécessitant de la force… Dans cette structure, inutile de s'affoler dès qu'un début d'agitation se manifeste, un peu d'énervement n'étant pas forcément annonciateur de grands dangers.

Et puis, personne n'étant venu frapper à ma porte pour m'alerter sur la chute de l'un ou l'autre, aucune alarme incendie ne s'étant déclenchée, je n'ai pas bougé !

Acte 2 -

En réalité, dans ce bâtiment, dépourvu d'ascenseur, le fameux caddie, plein de tout et n'importe quoi, venait de faire, poussé par deux ou trois résidents, une tentative de montée des escaliers. Puis il s'était retrouvé les quatre roulettes en l'air au pied de la première dizaine…

Vers 18 heures donc, une opération redressage du chariot a eu lieu, dirigée par Raymond aidé par les plus valides de la maison. Et l'expulsion de l'engin vers l'extérieur a suivi. Mais cela je l'ai appris le lendemain seulement !

Acte 3 -

Ayant fait l'impasse sur les actes 1 et 2 de l'histoire, en partance pour la réunion dans laquelle j'étais attendue, devant la porte d'entrée, j'ai croisé plus tard l'un des habitants. Il peinait fort pour rentrer avec son caddie plein !

Une situation incongrue bien sûr, mais j'avais vraiment la tête ailleurs et je n'ai fait aucun lien avec l'engin qui avait été introduit récemment dans le local des poubelles.

J'ai vaguement remarqué qu'il y avait des choses douteuses dans le panier métallique à roulettes que le pauvre homme poussait en soupirant…

Mais j'ai pensé qu'après tout, il avait tout à fait le droit de déménager ce qu'il voulait jusque chez lui. Je lui ai même tenu la porte ouverte pour qu'il la passe plus facilement.

Puis je me suis vite dirigée vers le parking sans me douter que juste après, ce bric-à-brac ambulant allait repartir, via les escaliers, à l'assaut des étages.

Acte 4 -

Après la fin d'une réunion animée, au cœur de la nuit, je suis repassée par mon bureau.

J'étais furieuse ! Il me fallait absolument vérifier des chiffres contestés par l'un de mes interlocuteurs, toujours opposé à l'idée de consacrer de l'argent à ce qu'il jugeait superflu.

J'ai constaté alors que, pendant mon absence, le caddie avait bien progressé depuis l'entrée jusqu'au pied de la seconde série d'escaliers. Debout, il me semblait branlant et il tenait à peine sur ses roulettes.

Aux alentours, le vieil homme croisé auparavant avait tiré un ruban de plastique orange rayé interdisant symboliquement tout accès à son « chantier ». Il bougonnait en tripotant ses cartons usagés…

Acte 5 -

La logique aurait voulu que je mette en œuvre ce qui se fait habituellement dans une telle situation : l'éloigner de cette poubelle ambulante et l'obliger à rejoindre son studio. Mais je ne le sentais pas prêt à l'accepter. Et en cas d'opposition violente de sa part, un appel des secours s'imposerait.

En fait, l'homme n'était ni bruyant, ni menaçant et il était au chaud…

Cet original se concentrait seulement sur des boîtes vides et des sachets éventrés. J'ai donc pensé qu'à cette heure-là, il fallait laisser les services d'urgence à d'autres priorités.

Et puis en interne, réveiller la concierge pour un nettoyage dérangeant les autres résidents m'a semblé inapproprié. Car il y avait bien du ménage en perspective dans la zone qu'il occupait ainsi qu'aux environs !

Dans le couloir, les roulettes avaient marqué leur passage de traces jaunâtres. Et pour ne pas salir le sol davantage je les ai simplement enjambées, comme les flaques d'une couleur indéterminée dont elles étaient issues…

Pour l'évacuation du caddie avec le grand ménage qui s'imposait tout autour, j'ai prévu simplement de venir plus tôt au matin afin de m'en occuper avec la personne chargée de l'entretien. Et enfin, après avoir récupéré les documents dont j'avais besoin, je suis partie chez moi.

Acte 6 -

Avant même mon arrivée le lendemain matin, ce fut le branle-bas de combat dans toute la résidence !

Car le caddie aux roulettes déviantes, avait transporté entre autre une bouteille d'huile qui, lors de son retournement de la veille, s'était retrouvée la tête en bas et sans bouchon !

Ainsi, la première auxiliaire de vie arrivant au pas de course pour rattraper son retard, a descendu les escaliers bien plus vite qu'elle venait de les monter et sur son postérieur. Les personnes suivantes ont, soit échappé de justesse à la procédure d'entrée rapide, soit pris le même chemin que la première et dans la même position !

La concierge ayant en charge l'entretien des lieux communs, a ce jour-là seul, dû agiter la serpillière plus qu'elle ne l'avait fait au cours de toutes ces dernières années. Et après bien des allées et venues pour changer l'eau, avec des risques de grand écart à chaque pas, elle était hors d'elle ! Le sol restait glissant malgré tous ses passages répétés d'eau bouillante et de différents produits dégraissants.

Marielle, la secrétaire, a elle aussi été prise par surprise. Elle a commencé sa journée sur les genoux alors que d'habitude, c'est plutôt en fin de journée qu'elle l'est ! Et puis ce jour-là elle l'a encore été davantage le soir. Comme moi d'ailleurs...

En effet la gardienne, excédée, a fini par planter devant nous balai et seau. Et cela bien avant que l'état du sol soit revenu à la normale.

Craignant des fractures de cols du fémur à déclarer en série, j'ai d'abord fait passer à tous les résidents la consigne de ne pas sortir des studios jusqu'à nouvel ordre.

Puis Marielle et moi, nous avons entrepris d'éponger toutes toutes les flaques graisseuses et leurs traces jusqu'à ce que le sol redevienne praticable. Ainsi il nous aura fallu plus de deux heures pour en arriver à ce résultat.

Mais au moins, en dehors des quelques bleus constatés chez des intervenantes, nous n'avons eu aucun accident grave à déclarer.

En tous cas à l'issue de cet épisode, j'ai eu un argument solide pour que mon budget animation soit bien pris en compte.

Même dans une catégorie d'âge avancé, il vaut mieux que les activités restent sous contrôle pour éviter que se renouvellent de tels « syndromes de glissement » !

CŒURS CROISÉS

L'histoire ayant provoqué ma chute a débuté un dimanche de septembre où dans le cadre des « Journées du Patrimoine », je faisais office de guide bénévole.

Entraînant derrière moi un groupe d'une bonne vingtaine de visiteurs, au départ j'avais à peine vu la plus jeune, une femme aux longs cheveux blonds et bouclés.

Pourtant, elle était très jolie ! Sa robe claire mettait en valeur les couleurs que le soleil d'été avait posé sur sa peau. Et j'ai dû être le seul homme du groupe à avoir tardé à la remarquer. Elle n'était pas de ces personnes qui, à coups de multiples questions pertinentes, affichaient un grand intérêt sur une telle présentation et creusaient le sujet.

Néanmoins, au fur et à mesure de l'avancée de notre parcours, elle s'est rapprochée de moi, se montrant de plus en plus curieuse.

Et tout à la fin, tandis que les autres participants s'éloignaient, elle est restée plantée, très admirative devant un bâtiment ancien. Or il se trouve que c'était exactement celui dont toute la rénovation m'était confiée depuis quelque temps. Une information qu'au passage, j'ai donnée à mes auditeurs lors de la présentation que j'en ai faite pendant notre parcours...

Je vivais seul et venant d'une fille aussi séduisante, une telle marque d'intérêt pour ce qui me passionnait tant, m'est apparue comme une chance inespérée. Après un certain nombre d'explications approfondies sur l'histoire de ces vieux murs, je l'ai invitée à prendre un café dans un bar du quartier.

Et là j'ai évité m'étendre davantage sur mon attachement à ces vieilles pierres. C'est donc essentiellement d'elle dont il fut question ! Elle était en pleine rupture sentimentale et son besoin de se confier me semblait illimité. Aussi, tandis qu'elle me parlait, laissant entrevoir toute sa vulnérabilité, je rêvais déjà de poser mes mains protectrices sur ses épaules hâlées.

En bref, je crois que j'étais déjà en train de tomber amoureux ! Elle avait visé juste ! Mon côté « boy-scout », fruit d'une éducation chrétienne stricte et, un peu plus naturellement, de l'empathie pour ceux qui souffrent, faisaient de moi la proie idéale.

Car à partir de ce moment-là, le sauveur de murs anciens que j'étais se sentait tout aussi prêt à l'être vis-à-vis d'une femme malmenée.

Je n'ai pas vu venir les pièges qui m'attendaient. Interpelés sur des situations douloureuses, les psys de toutes sortes essaient de faire preuve de recul et font la part des choses. Si leurs consultants accusent des proches du pire, ils savent bien

qu'ils ne disposent là que d'une seule version de l'histoire...
Mais de mon côté, je me suis précipité d'emblée dans le rôle
d'un psychothérapeute de pacotille...

J'ai absorbé naïvement le flot des souffrances qu'elle disait
endurer. Et j'ai donc pris, pour argent comptant, en attendant
qu'elle me prenne le mien, tout ce qu'elle me disait !

Car elle n'a pas tardé à débarquer chez moi. Dès le lendemain
de notre rencontre, elle s'est présentée avec une grande valise
à ma porte et en pleurs, suite à de nouvelles violences assenées
par son compagnon.

Elle ne portait pas la moindre marque du déchaînement de cet
homme sur elle. Cependant je les imaginais pudiquement
cachées par ses vêtements et je l'ai crue !

Plus que la veille encore, son désespoir et sa fragilité
exacerbaient mon besoin de la protéger de tout être malfaisant
à son égard. Tout au fond de moi, j'avais une envie folle de
l'accueillir définitivement sous mon. Mais je me suis forcé à
conserver une once de prudence...

Nous nous connaissions à peine et très gentleman, ce soir-là je
l'ai d'abord installée dans ma chambre d'ami. Et je lui ai
proposé d'y passer la nuit puis si besoin, de prolonger son
repos en début de journée.

Sur le plan pratique, je lui ai laissé la consigne de laisser le
double de mes clefs dans la boîte aux lettres pour le cas où je

serais absent quand elle se réveillerait. Et elle dormait profondément au moment où je suis parti travailler...

Or en début de soirée lorsque je suis arrivé dans mon immeuble, je me suis d'abord étonné de trouver ma boîte aux lettres vide… Mais dans mon appartement, mon « invitée » était encore présente après avoir apporté sur place un bon nombre de sacs supplémentaires !

En tous cas, dès que j'ai franchi le pas de la porte, elle s'est mise à pleurer de plus belle. Mettant en avant un très récent licenciement en plus de ses soucis personnels, ses chances de louer un logement pouvant l'éloigner d'emblée de son persécuteur étaient compromises à ce jour.

Alors, disposant d'une une chambre de libre dans mon appartement, j'ai accepté qu'elle prolonge son séjour chez moi.

- Mais pour très peu de temps... m'a t-elle dit en me remerciant entre deux sanglots !

En effet, elle se prétendait titulaire d'un diplôme de juriste. Et armée d'une solide expérience dans ce domaine, toute proche d'intégrer un poste de son niveau dans une grande entreprise.

Cette période de transition s'annonçant donc réduite, j'étais certain de disposer d'un filet de sécurité sérieux. Pour le cas où notre cohabitation ne serait pas satisfaisante, rassuré par cette embauche imminente, les choses ne tarderaient pas à s'arranger pour elle et nous en resterions là. Et tant mieux si, comme je l'espérais déjà, nous devions aller plus loin dans notre relation… Ensuite, tout est allé très vite et ce ne fut pas tout à fait dans le sens annoncé au départ.

Car au cours de la seconde nuit, quittant la chambre d'ami, elle s'est invitée dans mon lit et donc dans ma vie. C'était bien tentant ! Je n'ai pas eu la force de caractère de faire quoi que ce soit pour m'opposer à cette précipitation.

Aussi, les jours suivants, après la fatigue de nos nuits, elle dormait tandis que le matin, je partais au travail. Pendant mon absence en journée son objectif était, prétendait-elle, de poursuivre ses démarches en vue de la sortie imminente de son impasse. Rapidement, je me suis rendu compte que la proposition de travail avancée lors de son arrivée était probablement fantomatique...

Je l'aimais et je lui ai pardonné en imaginant qu'avec le parcours béton qu'elle avait derrière elle, une autre plus ferme allait lui succéder.

Cependant sur l'ordinateur que je laissais à sa disposition, je ne la voyais jamais consulter les sites avec des propositions d'emploi.

Lorsque je lui en faisais la remarque, tout en me sautant au cou, elle m'assurait que contrairement à ce que je pensais, elle y consacrait bien du temps en mon absence ! Cela pour ne pas empiéter sur celui que nous devions passer amoureusement ensemble en soirée. Cependant, quelques semaines venaient de s'écouler sans que soit évoquée la moindre convocation pour un poste susceptible de lui convenir...

Aussi bien qu'en culpabilisant, j'ai consulté en son absence l'historique de la navigation de l'ordinateur qu'elle utilisait.

Or, en dehors de projets d'achats de mobilier ou de babioles, je n'ai retrouvé aucune trace des recherches liées à son avenir professionnel.

L'amour rend aveugle !

À ce stade, j'ai estimé qu'après les épreuves traversées, elle saturait et qu'elle était en droit de souffler un peu. J'espérais que cette pause lui serait bénéfique avant un incontournable retour à l'emploi.

Et puis, de toute façon j'avais un salaire assez confortable qu'il me semblait tout à fait normal de partager avec elle. J'étais tellement heureux qu'elle soit présente à mes côtés que je ne lui demandais aucune participation financière aux frais courants. De toute façon, je lui faisais totalement confiance.

Alors à sa demande, j'ai même fini par lui donner libre accès à mes comptes bancaires. Ainsi, les aménagements qu'elle souhaitait faire, elle pouvait s'en occuper sans attendre que je les valide. Je lui laissais entièrement carte blanche. Je voulais qu'elle se sente chez elle dans mon appartement et qu'elle y soit aussi bien que je l'étais !

C'est ainsi que les quelques améliorations qu'elle avait évoquées au départ sont devenues en un rien de temps, des réalités augmentées.

Je refusais de l'admettre... Même lorsque je voyais le contenu de mes armoires, délesté d'un certain nombre de mes habits pour prendre la direction de la poubelle... Il lui fallait faire de la place à tous ceux, nouveaux, qu'elle s'offrait !

Je n'ai pas protesté davantage quand sur la table du salon, un nouvel écran géant a envoyé, à la casse, le plus modeste mais en très bon état dont je me contentais jusque là.

Ainsi je voyais passer et sans sourciller, d'autres achats aussi futiles qu'inutiles. Un mobile dernier cri ou des bijoux ainsi que des sacs que je voyais défiler, en même temps que les tenues neuves auxquelles ils étaient devaient être « impérativement » assortis.

En fait, elle consacrait tout son temps à faire les magasins ou à défaut, du shopping virtuel. Alors au final, elle empiétait de plus en plus sur mon espace de vie tout en me privant de tout ce qui s'y rattachait.

Il m'a fallu renoncer à lire le soir ou à regarder les émissions de télévision qui m'intéressaient. Enfin pour ne pas lui déplaire, j'ai renoncé aux spectacles, concerts ou week-ends de visites de lieux historiques.

Ainsi, je m'appauvrissais dans tous les sens du terme !

Je m'obstinais à vouloir la satisfaire mais quoi que je fasse, je ne parvenais jamais à ce qu'elle le soit. Dès la première gifle, que j'ai reçue d'elle suite à l'oubli d'une course dont elle m'avait chargé, j'aurais dû la chasser !

Cependant, elle s'en est excusée très vite... Je l'aimais encore et je mettais cela au crédit de son dur vécu récent sur le plan personnel et professionnel. Alors je passais l'éponge, comme un certain nombre d'autres fois où ses colères, imprévisibles, envahissaient mes murs, puis ceux du bâtiment tout entier.

Quand après de multiples revirements j'ai fini par me résoudre à lui demander de quitter les lieux définitivement, elle a bien tenté de m'apitoyer. Mais après ces longs mois d'une vie d'enfer pour moi, j'ai fait changer les serrures de la porte de mon appartement et mis ses bagages devant pour qu'elle les récupère.

Dans le foyer pour femmes qu'elle dû intégrer d'urgence, elle a reçu de l'écoute et de l'aide. Et comme avec moi une année auparavant, elle fut assez persuasive sur le fait qu'elle avait été violentée. Mais cette fois, c'est moi qui fut l'accusé !

Et elle s'est montrée plus opiniâtre que jamais dans des démarches vengeresses. Je n'ai jamais levé la main sur elle. Pourtant, parmi les voisins qu'elle a sollicités, beaucoup ont témoigné en sa faveur…

Effectivement, à l'époque de notre vie commune il y avait eu des scènes très bruyantes chez moi.

Aucun résident proche n'a pu constaté, de ses propres yeux, l'origine et le déroulé de ces épisodes. Mais les bruits d'objets cassés et les cris de ma compagne, révélaient manifestement un contexte de fortes violences !

Dans leur esprit, forcément celles-ci ne pouvaient être subies que par une femme…

Elle a tenu, soigneusement cachés dans ses affaires, quelques certificats médicaux obtenus à certaines occasions.

Un jour, suite à un coup de poing qu'elle a donné sur le mur, elle a convaincu le médecin de garde qu'en l'ayant précipitée contre une armoire, j'étais en cause pour deux phalanges fracturées.

L'attestation a donc été rédigée dans ce sens et d'autres ont suivi : lors d'une plaie dans le cuir chevelu à suturer, ou face à un hématome constaté sur une épaule...

En effet, lorsque je n'obtempérais pas immédiatement suite à l'une de ses exigences, elle se laissait tomber au sol ou elle se jetait violemment contre une surface dure.

Parfois, elle allait même jusqu'aux menaces suicidaires. J'ai souvent craint qu'elle passe à l'acte lorsqu'elle était en crise, mais en réalité, elle n'a jamais attenté sérieusement à ses jours.

Il faut dire que fortement impressionné devant de telles

situations, je cédais pour tout et n'importe quoi afin d'éviter qu'elle aille jusque là.

Néanmoins sa capacité de nuisance étant très étendue, au-delà d'une année passée avec elle, maintenant c'est à la justice que je dois rendre des comptes.

Déjà, je dois commencer par faire reconnaître ma non violence absolue, que ce soit sur elle ou sur les lieux que j'occupais. Ainsi que bien sûr, payer toutes les dettes contractées en mon nom !

Or de ce point de vue-là, la surprise est de taille ! Car au moment où après de nombreuses mises en garde de mes proches, j'ai fini par prendre la peine de vérifier mes comptes bancaires, il était bien trop tard !

Ils étaient vides et le montant des dégâts relevés dans mon logement, dont j'ai été expulsé, se monte à plus d'une année totale de mes revenus.

Alors à présent, une saisie ampute tous les mois, une grande partie de mon salaire.

Les honoraires de mon avocat et ceux de mon thérapeute achèvent d'assécher mes comptes. Mais je n'ai pas le choix puisque je garde un grand besoin des deux !

En attendant, expulsé de mon appartement, depuis quelques mois je passe toutes mes nuits dans une pièce borgne au sein du cabinet d'architecture où je planche en journée. Et il me faut remettre tous mes compteurs à zéro.

Dans ce bar où chaque matin je me réfugie pour prendre un café, sur un journal local, une annonce a attiré mon attention :

« En raison de mon départ proche pour une autre région, je cherche une personne intéressée par la reprise d'un bail de location d'un appartement de 45 m². Il s'agit d'un logement ancien mais il est en bon état et loué à prix modéré. Merci de me contacter au 0479675422 ».

Ces quelques lignes m'apparaissant alors comme une bouée de sauvetage, aussitôt j'ai composé le numéro indiqué…

Et cela fait maintenant plus d'une heure que je raconte à mon hôtesse ce qui m'amène là.

Plus ou moins bien assis sur l'une des deux chaises de camping qui trônent dans cet improbable logement, je lui fais face derrière une table pliante, associée aux sièges.

Occupant ces lieux dotés d'une installation minimaliste, d'emblée elle vient de me confirmer qu'elle projette d'en partir et qu'elle recherche une personne qui pourrait prendre le relais de cette location.

Dans ces murs, couverts d'une tapisserie fleurie au charme désuet, l'univers domestique de celle qui vit là se limite au plus strict minimum.

L'équipement d'un semblant de cuisine se résume à un camping gaz avec un peu de vaisselle autour.

Plus en retrait, reste un petit matelas, posé à même le sol, entre deux piles de livres, dont l'une fait office de table de chevet ! Et en l'absence de toute armoire ou penderie, quatre bagages, alignés dans un évident « prêt à partir », semblent être ses seuls biens…

Cette jeune femme est dépourvue de tout maquillage. Ses cheveux sont plus ou moins bien rassemblés dans un chignon sans tenue, laissant fuir quelques boucles dans son cour et autour de son visage.

Ses vêtements sont d'une grande simplicité… Un jean, une chemise longue à carreaux et aux pieds, de solides sandales de cuir.

Malgré tout un cercle d'ivoire ciselé, entoure un de ses poignets fins. Et puis une écharpe de soie ainsi que la bretelle d'un caraco en dentelle s'échappent d'une valise… Cela me laisse imaginer qu'une telle discrétion vestimentaire n'est pas systématiquement à son programme.

Rêver ne m'est plus arrivé depuis tellement longtemps ! Et pour moi, dans sa sobriété cette femme est très belle, tandis qu'elle reste absorbée devant son agenda.

Elle et moi, nous devons en effet fixer la date de ma reprise de ce logement improbable sur lequel je suis bien décidé à poser une option.

Pourtant, j'ai plutôt envie de continuer à poser là, sur cette table branlante, tous les maux qui me rongent encore. Et plutôt qu'occuper seul cet endroit, je voudrais garder avec moi cette étrange locataire, ici ou l'emporter au loin, ailleurs…

Accrochés aux deux uniques fenêtres, des rideaux de coton, probables souvenirs de l'aïeule les ayant crochetés, laissent le soleil percer des rosaces qui s'affichent en ombres chinoises sur le mur.

J'aimerais qu'il mette à jour aussi clairement les mystères que mon interlocutrice dissimule derrière l'impassibilité de son visage sans fard. Je suis un spécialiste de l'histoire, capable de retracer celle de pierres érigées depuis des siècles au coin d'une rue, mais je voudrais pouvoir décrypter la sienne.

Pour quelle raison est-elle là, provisoirement apparemment, et vers où va-t-elle s'en aller prochainement ?

Je ne sais pas si elle a deviné mon besoin de m'attarder. En tous cas, j'accepte le second café qu'elle me propose, pourtant une poudre infâme, à diluer dans de l'eau chauffée sur un banal camping-gaz…

J'ai l'impression de vivre un de ces brefs moments où le cours d'une vie pourrait basculer… Et l'un des couplets des « Passantes » de Georges Bassens, me vient en tête :

« A celles qu'on connaît à peine
Qu'un destin différent entraîne
Et qu'on ne retrouve jamais… »

Je me suis tu et seul, le bruit de l'eau frémissante trouble le temps de silence qui s'installe entre nous.

Elle est tellement songeuse qu'elle en oublie de se lever pour éteindre le feu sous la casserole. Le téléphone sonne mais elle ne bouge pas davantage. D'un signe, elle me fait savoir qu'elle rappellera ! Sur le répondeur, une voix masculine donne, avec quelques mots tendres, l'heure et l'endroit d'un d'un prochain rendez-vous. Je comprends alors que c'est pour rejoindre celui qui laisse ce message qu'elle a prévu de partir.

Quand je sors de chez elle, après m'être attardé plus que de raison, je ne suis pas tout à fait convaincu qu'elle maintiendra son projet de départ.

En tous cas, je voudrais de toutes mes forces, qu'elle y renonce. Et je garde de sérieux espoirs dans ce sens puisque de semaine en semaine, elle en reporte la date !

Et chaque fois que je l'appelle au téléphone, je ne tombe jamais sur son répondeur…

LA LEÇON DE PIANO

Les murs ont une histoire et ceux d'une maison, autrefois la plus jolie de mon quartier s'est chargée, en quelques décennies, d'une part de celle des habitants qui sont passés par là. Pour une partie d'entre eux hélas, ce sont des drames qui s'y sont inscrits.

Est-ce cela qui tient à distance les candidats à sa reprise ? Car elle a tout pour plaire ! Sa situation, à l'angle de la rue principale du village fait, dès le matin, toute la place au soleil pouvant se poser sur une face et plus tard, sur une autre. Ses deux entrées, dont l'une est abritée par une vaste véranda,mènent à un intérieur confortable comprenant, en plus des pièces communes, trois belles chambres.

À l'arrière, deux hangars faits de planches vernies sont prêts à abriter d'un côté, deux voitures. De l'autre, ils font place à des bûches empilées soigneusement et prêtes à alimenter la cheminée du salon.

Au-delà d'un petit portique de chêne, le verger succède au jardin, nichés ensemble au cœur d'une haute protection de pierres anciennes usées par le temps et tapissées de mousse.

Les herbes sauvages ont maintenant pris possession des plus belles pages qui se sont tournées à cet endroit, au moment où Laure y vivait.

Et, comme l'été suivant son lointain départ, les framboisiers sont lourds des fruits laissés au seul appétit des oiseaux frugivores.

Je me souviens encore de l'arrivée de cette femme au moment de la nomination de son mari dans notre région. Au coin de la rue stationnait un grand camion d'où sortaient de magnifiques meubles aux odeurs de cire.

Émerveillée, j'ai vu des hommes musclés porter ensemble, sous la direction attentive d'une jolie blonde, un grand piano noir. C'était la première fois que je voyais un tel instrument de musique et j'ai suivi du regard les porteurs, jusqu'à ce qu'ils disparaissent au tournant de l'escalier.

Cette magnifique demeure, appartenant à une administration autrefois appelée les « Eaux et Forêts » était inhabitée depuis un certain temps.

Elle s'était refermée sur la disparition tragique, dans un accident de moto, du chef de district qui l'occupait avec sa famille. Depuis ce départ, les voisins déploraient que la plus belle maison du coin reste inoccupée et tous souhaitaient que ses murs s'animent au plus vite !

Le successeur de cet homme disparu, fut donc le bienvenu. En un rien de temps, son épouse a redonné vie et couleurs à cet environnement tristement endormi…

Les volets se sont ouverts sur des fenêtres garnies de jolis rideaux blancs aux broderies écrues. Des jardinières de fleurs multicolores se sont posées sur les bordures. Et de cette maison enfin vivante s'échappaient, du matin au soir, les douces notes de musique sortant du piano de Laure.

Elle n'avait pas d'enfant mais elle a vite satisfait la curiosité de ceux qui jouaient devant chez elle, en les invitant à entrer pour leur offrir de l'attention et des goûters. Et il se trouve que j'étais de ceux-là.

Il me suffisait de sonner pour qu'elle m'invite à passer la porte. Alors, dans ce salon, plus richement meublé qu'aucun de ceux que je connaissais, elle s'installait devant son piano, caressant les touches qui m'enchantaient de leur belle musique. Tout en l'écoutant, je regardais ses doigts effleurer le clavier et j'admirais son geste furtif, tournant de temps à autre, une page de sa partition !

Parfois, je la suivais dans la cuisine et, tout en se concentrant sur la préparation d'un menu destiné à surprendre son mari, elle prêtait une oreille bienveillante à mes petites histoires d'écolière… Ce que les autres femmes du quartier, faute de disponibilité sans doute, ne faisaient jamais.

En été, nous allions ensemble au potager pour couper une salade ou récolter quelques légumes. Mais avant tout j'adorais l'aider à cueillir des fraises ou des framboises. Car juste après, telle une fée, elle les transformait en confitures colorant au remplissage, de petits pots de verre. Et j'étais tellement fière de me voir confier le soin d'écrire, sur des étiquettes, le contenu et la date de fabrication de ces douceurs !

C'est au retour de l'une de ces récoltes que, s'assurant de la propreté de mes mains devant le lavabo, Laure a décrété que mes doigts fins seraient parfaits pour jouer du piano. Aussi elle m'a proposé de m'en enseigner et gratuitement la pratique.

Mes parents, dépourvus de tout moyen de m'accorder un tel superflu, n'avaient rien contre cet apprentissage. Et ils ont même investi dans un livre de solfège pour débutant.

Au départ, j'étais très heureuse, imaginant pouvoir comme elle, faire un jour chanter un piano ! Aussi dès la rentrée des classes, devenue l'élève de Laure, après l'école j'étais bien plus souvent que tout autre enfant, à ses côtés. Me transmettre toute sa sensibilité musicale semblait être un plaisir pour elle. Et moi, j'étais ravie de m'engager dans une orientation identique à la sienne. Je voulais tant lui ressembler…

Mais j'ai vite réalisé que les notes, avant de pouvoir s'envoler aussi joliment du bout de mes doigts en « noires » ou en « blanches » nécessiteraient un apprentissage fastidieux. Alors je devais me faire violence pour me pencher sur le solfège car j'étais de nature peu travailleuse. De plus, les petits diables partageant habituellement mes jeux, se rappelaient toujours à mon bon souvenir. Ils me racontaient leurs dernières blagues en me faisant toujours regretter de n'avoir pas pu être de la partie.

Un automne, puis un hiver sont passés et, avec le printemps, les journées sont redevenues plus longues. Par la fenêtre ouverte, leurs rires me parvenaient aux oreilles. Insidieusement, ils m'invitaient encore à prendre la clé des champs au lieu de rester plongée là, devant d'ennuyeuses clés de sol… Alors j'ai décroché !

Laure a bien tenté de me ramener à la raison. Au même âge, elle fut également rebutée par ce passage obligé avant de trouver, bien plus tard, le plaisir de jouer.

Elle trouvait le contenu de ses cours de musique lourds et inintéressants. Mais malgré ses pleurs, son père l'avait contrainte à continuer à s'impliquer dans cette discipline. Elle lui en était très reconnaissante à présent.

Mes parents eux, étaient loin de considérer ce genre de savoir comme indispensable et ils ne voyaient pas la nécessité de m'inciter à persister.

En fait, Laure et moi, nous n'étions pas tout à fait du même monde. Dans ma famille comme dans celles de mes voisins, la priorité était toute autre.

La seule obligation en vigueur était de donner aux enfants la possibilité d'apprendre un métier, ce qui leur permettrait de subvenir à leurs besoins vitaux, l'essentiel ! Les loisirs, comme la culture, restaient bien accessoires...

Au cœur de ce printemps, je me suis donc replongée avec bonheur dans l'univers des pitreries des gosses de mon âge. Mon attitude a probablement fait beaucoup de peine à Laure, mais elle ne s'est pas montrée rancunière. Elle m'a gardé sa porte ouverte jusqu'à son départ. Et lorsqu'à cette occasion, elle a organisé un goûter d'adieux pour les enfants du voisinage, elle a accepté aussi gentiment mon dessin que ceux des autres chenapans !

Cette fois, la maison n'est pas restée vide longtemps. L'arrivée du successeur du mari de Laure, promu ailleurs, fut très rapide. Les nouveaux occupants se sont davantage fondus dans le mode de vie classique du voisinage.

Le père de famille partait le matin tôt pour son travail. Son épouse, de nature plutôt effacée, s'occupait du ménage et des deux enfants, fréquentant le lycée déjà.

Dans cette demeure, les visiteurs se sont faits plus rares. Seuls quelques camarades de classe des jeunes gens sonnaient à la porte de temps en temps.

Le départ de l'aîné, puis de la cadette l'année suivante, ont laissé à l'étage, deux paires de volets souvent fermées. Tous deux s'étant engagés dans des études en ville universitaire, ils venaient uniquement pour des anniversaires ou à l'occasion des longs week-ends de fêtes.

À cette époque, leurs parents se sont rapprochés davantage des autres habitants du village. Au cours des balades à pied qu'ils faisaient, il leur arrivait enfin de discuter çà et là.

Cependant, alors qu'ils commençaient à s'intégrer parmi nous, la diminution du nombre de leurs sorties et le rythme ralenti de leurs marches a commencé à intriguer le voisinage.

De temps en temps, serrés l'un contre l'autre et fermés à toute question intrusive, ils continuaient à avancer lentement jusqu'à l'orée de la forêt. Mais il devenait de plus en plus évident que la femme, accrochée au bras de son mari à chacune de leurs rares sorties, était souffrante.

Il n'a évoqué la tumeur cérébrale de son épouse qu'au moment où, après une longue hospitalisation, elle a été vue derrière une fenêtre le crâne entièrement rasé.

Par la suite, quand ils s'aventuraient hors de chez eux, c'était seulement pour faire quelques pas avant de s'effacer du paysage.

L'homme s'est ensuite interdit toute sortie en dehors de ses heures de travail. Il restait le plus possible auprès de sa femme alitée. Et pendant des mois, un ballet des voitures à serpent rouge ainsi que les allers et venues des ambulances ont martelé le sol devant la maison.

Les enfants, étudiants, sont venus bien plus souvent que lors des années précédentes. Cela jusqu'au jour où en quittant ce monde, leur mère a fait d'eux des orphelins…

A eux comme aux gens de notre quartier, leur père a tu sa souffrance. Tangible lorsqu'il accompagnait son épouse dans l'épreuve de la maladie, après son départ il ne l'a pas laissée paraître.

Et au moment où la troisième paire de volets de la maison est restée fermée sur un temps anormalement long les voisins, se sont inquiétés. Ils ont alerté les enfants qui ont n'ont eu que le silence en réponse à leurs nombreux coups de téléphone…

C'est une tumeur qui avait perdre la tête, puis la vie à l'épouse de cet homme. Lui c'est avec un coup de fusil au même endroit, que quelques mois après, il a mis fin à ses jours ! Et il en a résumé les raisons en quelques mots : sans elle, sa vie était devenue insupportable.

Bien avant ce drame, l'état de la maison qui passait après les contraintes engendrées par la maladie, avait déjà perdu un partie de son éclat. Quant au jardin, il s'était petit à petit abandonné aux herbes folles…

Et les choses ne se sont pas améliorées quand une fois de plus, cette propriété est restée vide d'occupants pendant longtemps. Extérieurement, elle prenait anormalement de l'âge et à l'intérieur, nous imaginions que cela ne devait être guère plus engageant.

Mais heureusement un jour de printemps, le ronronnement

d'une tondeuse dans le verger s'est fait entendre. Des portes et des volets se sont ouverts en grand. Et des odeurs de peinture, venues d'un échafaudage, leur ont redonné de jolies couleurs.

Une nouvelle famille est arrivée avec deux enfants : un garçon collégien et une fille encore en école primaire. Tous ensemble, ils ont réveillé cette propriété si tristement endolorie !

L'été, des salades se sont remises à marquer, en pointillés, des lignes de touffes vertes dans le jardin. À leur côté, les tomates ont ajouté quelques pointes de rouge et des haricots se sont hissés jusqu'en haut des rames.

Chargés d'arroser ces plantations, les deux enfants riaient et se poursuivaient à coups de jets d'eau !

En automne, l'échelle appuyée sur un tronc d'arbre, envoyait l'un ou l'autre vers les prunes ou les pommes des arbres fruitiers.

Enfin en période hivernale, les méandres d'une fumée qui s'échappait de la cheminée confirmaient enfin la présence d'habitants de nouveau heureux sous ce toit.

D'ailleurs un petit garçon s'est ajouté à la fratrie. Et dans la pelouse désormais bien entretenue, son frère et sa sœur aînés ont accompagné ses premiers pas. Et puis sur la balançoire, ils lui ont appris la joie de vivre.

Les années passaient et les enfants grandissaient ensemble

jusqu'à la fin d'une certaine année scolaire…

L'aîné, un lycéen rieur voire exubérant, était en classe de première. Les résultats de l'année n'avaient pas été très bons et il venait d'apprendre, par le corps enseignant, qu'il allait redoubler. À la suite de quoi il avait confié à l'un de ses camarades, que cela n'avait aucune importance puisqu'il avait pour unique projet celui de se « foutre en l'air » !

Le confident avait n'avait pas pris ces paroles à la légère et il avait alerté la responsable pédagogique qui en avait informé, par téléphone la mère de l'adolescent.

Par précaution, celle-ci était donc venue l'attendre ce soir-là devant l'arrêt du bus scolaire. Puis ils étaient rentrés tous les deux à la maison.

Ensuite, ce fut une fin de journée presque comme une autre. Le lycéen s'est retiré dans sa chambre. Sa mère, un étage en dessous, a veillé sur les deux plus jeunes tout en préparant le repas du soir. Mais au moment où tous auraient dû avoir rejoint la table familiale, manquait le plus âgé de la fratrie.

Or il ne répondait pas aux appels qui lui étaient lancés depuis le rez-de-chaussée…. Alors la mère de famille est allée frapper à sa porte et en l'absence de toute réponse, elle est entrée. Elle a alors découvert son fils mort !

Il venait de se suicider et de la même façon que le résident précédent ! Dans la maison, à quelques mètres de lui pourtant personne n'avait rien entendu. Car pour masquer le bruit de l'arme à feu utilisée, le jeune homme avait pris le soin d'entourer sa tête dans un édredon.

Malgré la survenue de ce terrible drame, la famille est restée à cet endroit. Ils ont continué à y vivre à quatre seulement, puis à trois lorsque la fille est partie pour des études supérieures et à deux quand le petit dernier s'en est allé lui aussi et pour la même raison.

Cela jusqu'au départ en retraite de ce cadre devant libérer, comme il se doit, un logement réservé aux seuls actifs de l'administration.

Les portes se sont alors fermées derrière ce couple et leur histoire tragique.

Pendant une demi-douzaine d'années, la maison est restée de nouveau désespérément murée dans son silence… Désormais son sort était soumis à des discussions en haut lieu, au sujet du maintien ou de l'arrêt de sa mise à disposition pour les chefs de district.

Puis un jour, l'avenir de cette belle propriété a été confié au hasard des panneaux d'une mise en vente annoncée sur les murs.

Alors de temps à autre, les volets s'ouvraient devant un potentiel acquéreur. Mais il aura fallu attendre longtemps pour que ces écriteaux se retournent sur un très attendu : « Bien

Vendu » !

À partir de ce moment-là diverses entreprises ont remis en état ces lieux à l'abandon. Et le point final des travaux, avant l'installation des nouveaux propriétaires, fut la fixation d'une plaque dorée au-dessus de la sonnette.

Un professeur de piano s'annonçait. Seul ou pas, homme ou femme, nul ne le savait. À côté d'un nom bien trop long, un « L », initiale d'un prénom mystérieux à découvrir, se serrait contre la marge. Et sur une affichette, des cours ainsi que diverses animations autour de la musique, pour les enfants comme pour les adultes étaient proposés.

Au cours des dernières décennies, j'avais mille fois regretté d'avoir stupidement refusé le cadeau magnifique des cours de piano offerts par Laure. Et surtout lorsque je réalisais qu'avoir côtoyé cette femme, pleine de délicatesse, m'avait marquée plus que je ne l'avais pensé initialement.

Car au creux de mon oreille, elle avait déposé et pour toujours, des notes de bonheur.

Aussi, dès que j'entendais une touche s'enfoncer sur le clavier d'un piano, que ce soit au concert, à la radio ou dans le hall d'une gare, ces souvenirs ressurgissaient agréablement dans ma mémoire…

Alors dès que j'ai vu que des cours de piano étaient proposés à quelques pas de chez moi, malgré mon âge, j'ai décidé de m'y remettre. J'en avais le temps et une grande envie surtout !

Avant mon inscription, dans le grenier de la maison familiale, j'ai recherché le solfège offert par mes parents. Et j'ai retrouvé un livret jauni laissé, comme ma chance de l'époque, derrière une pile poussiéreuse de vieux livres scolaires.

Devant la haute sonnette sur laquelle, tendue depuis la pointe des pieds je posais autrefois un doigt annonciateur de mon arrivée, je fus la première à me porter volontaire pour les enseignements de ce nouveau professeur…

Une professeure en fait. Car la porte s'est ouverte sur une femme âgée d'une soixantaine d'années.

J'ai reconnu tout de suite, grâce à son regard si bienveillant, Laure ! Divorcée et sans enfant, elle vivait seule après avoir repris son interminable nom de jeune fille venu d'un pays lointain.

Il lui fut plus difficile de mettre un nom sur mon visage, tellement différent de celui d'une petite ingrate, qui l'avait fuie, sans état d'âme, à cause d'un solfège qu'elle jugeait trop rébarbatif !

J'ai repris mon cours, exactement à la page à laquelle il était resté, autrement dit à un stade très peu avancé ! Et depuis, par les fenêtres ouvertes, mes notes discordantes suivies par les sonates pour piano que ma professeure joue pour moi animent la rue comme bien des années auparavant…

Le jardin lui, n'a pas retrouvé exactement la tenue correcte exigée autrefois par le mari de Laure.

Depuis qu'elle est libre, elle se laisse aller à plus de fantaisie ! Néanmoins, l'aspect sauvage des espaces verts convient parfaitement aux gamins, quasiment les siens, qui sont inscrits à ses ateliers musicaux.

Et après les séances d'éveil musical, comme nous ils se gavent de fraises ou de framboises.

À présent, tout se passe comme si les murs de cette maison, ne voulaient conserver que les souvenirs indélébiles, pleins de la musique et de la gentillesse de Laure.

Et c'est mieux ainsi car parmi tous les occupants de cette propriété, n'est-elle pas la seule à n'avoir pas subi les drames de ceux qui, avant ou après elle, y ont vécu ?

Il est grand temps que là où nous avons vu passer tant de larmes, une vie qui mérite d'être belle aussi, puisse s'installer dans cette superbe demeure.

© 2023 Bernadette LARDIN
Édition : BoD - Books on Demand, info@bod.fr
Impression : BoD - Books on Demand, In de
Tarpen 42, Norderstedt (Allemagne)
Impression à la demande
ISBN : 978-2-3224-8610-6
Dépôt légal : Novembre 2023